醒来觉得甚是爱你。

天涯渐远 见字如面

黄柏莉 · 编著

THE
OLD
LOVE
LETTERS

北京联合出版公司
Beijing United Publishing Co.,Ltd.

目录。

Contents○

前言。

　　于茫茫人海中遇见他（她），心里觉得爱慕他（她），便想写一封信给他（她）。情信的由来，大抵如此。

　　"云中谁寄锦书来？雁字回时，月满西楼。"在通信、交通不甚发达的年代，红笺小字，鸿雁千里，熏以都梁的香草，束以锦函，盛入钿盒，藏在珊瑚枕畔、玉镜台中，用芳心温存，洒以红泪。一纸情信，恻恻轻怨，脉脉情思，静静泪痕，笔墨落定，相思衷情的时光芳香弥散开来。

　　至民国年间，男欢女爱、鸿雁传书却有了别样情态。这本民国时期的情信集，收集与整理了民国时期刊载于众多出版物上的百余封情信，从中可以看到，民国世界的"临水照花人"，并非一味缠绵悱恻、哀怨动人，而是"一个人听着外面的大风和笔尖在这信笺上走动的声音，在兴奋的情绪中给你写信”，心绪细腻却不哀戚，情思澄明而不浑俗。谈情说爱皆显理直气壮的胆识，细语喟叹也皆是对人生真实的倾诉——"我不曾因为一个男子不能说漂亮的话而鄙视，也不会因他不谄媚而失望，更不会因为不爱修饰而厌弃。""在这紊乱的年头，我也许只能在旋涡中流转而已。"而民国世界的男子，铁骨铮铮却也柔肠百结——"'萑苇'是易折的，'磐石'是难动的，我的生命等于'萑苇'，爱你的心希望它能如'磐石'。"即使是浓情蜜意的倾吐，也是热烈庄严、绝无浮辞，背后有着自我对人生的明断与坚执——"一个美丽活泼的女子，不一定是值得注意的，但一个娇美灵敏而又不傲慢的女子，怎不使我仰慕呢？"

这些情信的书写者，以普通的城市青年男女为主，其中既有正值青涩年华的军人、在校学生，也有正处于婚恋年龄、自主谋生的公司职员、学校教师等。这些普通男女间互诉衷肠的信函，也许只是波澜壮阔的民国历史中一点依稀的微光，然而，这点微光依然是令人怀想的。因为，一个惊心动魄的时代绝不仅由生离死别、战火纷飞构成，在粗粝的历史图景中，也偶有软语微香的细节或片刻，而正是这些个体生命的低语微叹、爱恨离愁，构成了一个时代无法忽视的情感记忆。它们从大历史的根部旁逸斜出，向大历史的真相投去疑团，以那尘封多年的古旧芬芳，丰富了我们对那个时代的认知。

本书同时也收集了民国年间多对名人情侣间的情信——鲁迅与许广平、徐志摩与陆小曼、沈从文与张兆和……正是希望通过这些丰富的资料，更为全面且立体地呈现那个动荡的时代，重新建构民国世界个体情爱的生活历史。

　　翻开这本民国时期的情信集，阅读这一封封充满绵绵爱意又散发朴素光华的情信，你也许可以想见，在那些风雨飘摇的夜晚，他（她）伏在案前，怀着跌宕的心一笔一画写着压抑已久的热切。你或许也能够听见这些普通个体在大历史间微细的呼吸，感受他们"今日相乐，皆当欢喜"的浓情蜜意，你更会为这样寻常却又壮阔的生命而感动不已。

　　于茫茫人海中遇见他（她），心里觉得爱慕他（她），便想写一封信给他（她），只为问一声："你好吗？我很想你。"

编者于 2017 年 6 月

天涯渐远

见字。如面

我怎么不仰慕你

瑞琪—如桐

我不会比你走在更前面，也不怎样有使你佩服的地方，
我请你不要用这种目光来看我、分析我。

～～～

如桐女士：

在没有说话之前，我请你原谅我这样冒昧、贸然地写信给你，同时，还得请你读完这一封信。

大概在你的芳心里，也能知道我这个陌生人吧？在我，你占据了我的心已两月多了，我深深地记着我认识你的那一天。那天是残冬的时光，春的气息已荡漾在空气中了。我到表舅家去，见到表妹和你一同坐在走廊的椅子上，手里都拿着一册厚厚的小说。表妹照例将我们介绍一下，你给我的第一个印象便是姣好的一笑。你一点没有少女们的扭捏和害羞，也成了我每次回忆的内容了。当时我因为没有找到表弟，停留一会儿也就走了。

你记得吗，那值得更多回忆的一天？我很想知道自己给你的印象，你有什么感想？

此刻我刚从运动场回来，真料不到在球场我能看到你玩球的技术。你穿了运动衣就更显得好看了，健而美的体态，在双方的运动员中，只有你是最让我注意的了。而且因为你灵活的身手、高明的技术，几次将球掷进篮球筐，得到了很可观的分数，终于你们一队胜利。在观众的欢呼和鼓掌声里，你不像其他获胜的人那样，用傲慢的神情来回答观众的盛意。你那毫不在意的态度，正见得你是虽胜而不傲。我那时很想走到你面前去，握着你的手向你道贺，然而我到底还是看着你和同伴们走了。

一个美丽活泼的女子，不一定是值得注意的，但一个娇美灵敏而又不傲慢的女子，怎不使我仰慕呢？

我得感谢我们的哲学教授，他有事情今天不能来上课，所以我有了这个机会。因为那时候碰巧没有课，又听说有两个学校借我们的运动场比赛篮球，我在空暇的时候偶尔也玩玩球类的，便高兴地挟了哲学书从布告处到了球场，然而更高兴的是意外地见了你。

虽然只是第二次见你，但你的一切，甚至你把球掷进篮球筐时的姿态，也很明显地在我心头浮现着。两月前你对我的微笑，你所说的话语，更使我时时想念了。

我自己也不知道是什么缘故，你这样的使我想念，但我只找到一个单纯的理由：我的心里有一种不可抑止的力要使我如此的。

　　我想写信给你，使我们成为朋友，也为了这一点子理由，我们的友谊，能在这种情形下建立起来吗？我不知道你能否原谅我不得到允许就给你写信，然而我又情不自禁地这样做，我又有什么法子想呢？

　　若是你能记得在我表妹家里碰见的事情，和几句随意的谈话，那么你总不会把我忘掉的，我愿意知道你对于我的印象是什么。

　　在这里，我觉得有把自己介绍一下的必要，否则，要你为一个陌生的朋友费力思索，那是很不合适的事。

　　我是一个文艺爱好者，虽然我没有动过笔去写过文章，这总比别的东西更能使我兴奋，使我欢喜。但近来，我很想找些理论方面的书看看，事实上却给我很大的失望。这年头，整个文坛上，闹得满是乌烟瘴气，大家只是闹些意见，又没有一点可以注意的理论。不过在这可怜的情况下，毕竟新的道路是展现在面前了。至于文艺创作方面，我近来却不大想看，实在是可以看的东西太少了。有一次我遇见表妹，她谈起你也有这种爱好，这也是我才写信给你的一个原因。希望我们在这一方面有些讨论，使彼此得到一种新的趣味、新的兴奋。

　　我只希望你能给我回信，没有其他的奢望，并且也不希望回信一定能给我满意的答复。我现在的环境使我找不到一个同道的朋友，大概同是流着热血的年轻人，这样枯寂单调的环境总不会满足吧！我只想有一个互相投合的友人，有着相同的意志，使精神上得到共鸣就够了。

　　假如你讨厌我或者为了别的原因不能建立我们的友谊，

那么也请委屈地给我一封简短的信。

　　敬礼

安好

瑞琪
三月四日

瑞琪先生：

　　意外地收到你的信，那已是十天前的事了。当时我奇怪会有这样一个不熟悉的朋友，很想不看它就丢了的，因为我自己虽没有遭遇过，却常听到人家接到许多无聊而可笑的信，请原谅我，我那时竟这样地忖度，而几乎丢了。可是我给一种好奇的情绪所支配，也想不放弃收信人的权利，就把它读了。

　　这有点熟悉的名字，在略一思索下我记起了，正如你信中所说，曾在你的表妹也就是我的同学家里我们见过一次的。这偶然的小事，给你一说，我很清楚地回忆起来。当初因为没有什么特殊的意义，我也早已忘了，但你的信使我很高兴地做一次回念。

　　本来就不怎么勤于写信的我，把你的来信搁了这许多天，差不多已忘掉了。今天偶然又见到它，重读一遍后，觉得你只是对于两月前一次见面的回忆，使我也记起了那时的事。而且你唯一的希望，就是要我给你一封不论怎样平凡的信，因为一时有兴趣，我便给这个回信了。然而我是各方面都浅薄的人，也许不是你想象中的那样好，有使你"仰慕"的可能，我自己觉得仅仅是一个平凡的女子。

那一回借贵校运动场赛球，我们总算很有幸地得了胜利。对方是有名的好球队，所以他们还要想跟我们做一次友谊的比赛。运动，我是很欢喜的，我因为爱好的东西太多，便时常忙着。我觉得在繁忙中的生活才能安排得好，才使自己感到没有什么不满意的地方。

我从你信上知道你是一位文艺的爱好者，在这一点上，也许可以说我们的爱好是相同的。不过我对于文学，根本没有什么认识，不配谈到什么的吧。

至于友谊这一点，我不希望我们就这样一定要缔结了友谊，也不反对我们中间有很好的友谊。我觉得对于这个，还是顺其自然的好吧。假如我们有这种可能，那么自然会有友谊存在的，在这里我以为没有预冀的必要。我的生活素来很是单纯，没有在这些事上面费过心思。这封信，只是答复你那封信的。

你要找一个同道的朋友，是的，这问题有好多人得不到满足。这时代中间，一切不安定的状态，使很多的人沦落、消沉，有的竟是颓废。于是稍稍觉醒的人，要求现实的美满，或者要探求未来的光明，半意识到另一个新的时代的伟大，但环境中又大半是一些落伍的人，自己便感到无可奈何的苦闷，而要找同道的朋友了。我不知道你是否也这样？然而我是连自己也不敢信任的，在这紊乱的年头，我也许只能在旋涡中流转而已。

敬礼

安好

如桐
三月十八日下午

如桐女士：

　　我仔细地一句句读着你的信，起初是狂喜，最后捧着你的信笺，我浸在沉思中间。

　　虽使我盼望了十天，终于并没有使我失望，我最初的愿望只是能得到你的回信，那么达到了这个愿望，我当然无限地欣喜了。你的文字是那么秀丽，而你的话语更不是平凡的女子能够说出的。我沉思着，沉思着，好似你在我面前说着这些信上的话，而我正恭谨地听着，在幻觉中我真的好似听到你的声音。

　　从来信中我更认识了你，你比我想象中更伟大、更值得钦佩。并不是我要过分地说你的好，事实是如此，你并不平凡，而且你是这年头里难得的人了。你的彻底的见解，你能抓住这个时代，我在你面前也许只有惭愧了。真心地说，我钦佩你的见解和不染时下气的大方态度。

　　这资本主义发展到极致而行将崩溃的时代，一切都呈现着摇撼和可怕的状态，各方面的冲突和矛盾，更使处处刻画了罪恶的残痕。新时代的光芒，又使青年们感受到强烈的刺激。于是像你所说，有许多人不能跟着时代奔跑，就会起了相反的作用，沦落或消沉了。我也正如你所说，感到苦闷，有一种不能抑制的情绪在心里活跃，使我要冲出黑暗的重围。至少我也得有一个同道的友人，可以和我携手一同走向前去，我不要看别人无聊的呻吟，我不要看人家颓废和沦落，只给环境所软化或制服，而不想找一条出路。我明白你许是更比我走在前面，这一点你不能不使我佩服，而觉得十二分欣喜。

又从你的语句中我看出你有着别的女子所没有的大方和正直，我虽是没有机会和女性周旋过，由于见闻的经验，大概也知道一点。我希望，我们彼此的认识，不必站在异性的观点上，我们只要认识彼此的意志和人格，在一种共同点上使我们了解就得了。你以为如何？

你说对于友谊，我们不必预先来做估计，这话是对的，因为情感是不能强制的，建立在稳固的一点才能产生友谊，也才使得它滋长起来。假如有这可能，那么它就好比是一朵新生的蓓蕾。我明白这个，而且为了我自己没有可取的地方和其他一切不能令人满意的缺点，我不敢向你有这种固执的要求。然而我的诚意——钦佩你的诚意使我暗地里希求有这万一的可能，希求将来的事实，能宽慰我如今的热诚。

你还说了许多客气的话，这是使我惭愧的，因为一个人的好坏，不必用言语来帮助，本身就无可避免地会做适宜的证明。我希望你不用客气。

本来收到你有着很好的话语的信，我已十二分满足，但我因为上面说过的对你的钦佩，又要来复你，假如你不讨厌我，那么也许会给一些反应吧？

匆匆地写了这一点，即此祝好。

瑞琪
三月二十三日

瑞琪先生：

大札拜读。

两个本来毫无关系的人要通起信来，总有一些人觉得这事少不了缺点，不过我读了你的信，觉得要回信给你是很出乎自然的事。我向来不欢喜做勉强的事情，我不愿的事是不肯干的。然而我又在为你这个不熟悉的朋友写信了，我自己解答的理由是我们还有相同的见解。

正如你所说，我们全是意识到了新的时代的开端，而要追奔着时代的人，我想有了这一个共同的地方，大概我可以再复你的信的。我把我们的话对照一下，好像大家全不愿做一个时代的落伍者，那么我希望能各人抱着热诚，互相鼓励一点，使彼此都得到一些好处。

对于时代的苦闷，我不想多说什么话，因为话越说得多，就越觉得空泛，而且越使我不能忍耐下去，虽然我不是要自己缄默着而做怯懦的忍耐。

我想还是趋于实践一点的好，还是找机会把现实来改造，亲自去做。用一些抓不住问题的话来放在嘴上，有什么意义呢？话说得腻了，好像问题就已经解决了一样，再不想到其他，甚至有些人似乎当作一回漂亮的事。

你赞美我的许多话，许是过誉了，或者正因为你没有机会和别的女子交往，所以对于我，已是感到很难得了吧。我不会比你走在更前面，也不怎样有使你佩服的地方，我请你不要用这种目光来看我、分析我。我只是一个孩子，处处还脱不了孩子气，自己还敢信任的地方，就是我欢喜思索一点。

你说我客气吗？我是顶不懂客气，也不想要怎样客气的，我的疏忽处，倒还想预先向你声明。假如我的话有不太客气的地方，希望你也不客气地对我说。

等天气还暖和一点，我要开始学游泳了，这事情我觉得很有趣，而且也一定有好处的。我的身体还是太弱，应得遵守体育指导的话，好好锻炼起来。

从我的同学那边，知道你对于游泳很是擅长的，这可是事实？而我知道你对于学业十分努力，这原是我可以意料得到的事，她更告诉我一点关于你的情形。你的表妹是我很要好的朋友，她聪明又天真，性情又很诚挚，我们常在一道的，虽然我们的爱好大概全不大相同。

敬祝安好。

如桐
三月二十九日

如桐女士：

这第二次的相见，除了我更认证你是一个不平常的女子外，我仰慕你的心更进一层的深切了。

真的，你能相信吗？你在我心里是如此的伟大，如此的纯正，而且如此的娇美，你占据了我的心灵。

我自己知道，并不善于说漂亮的话，也不会当着面说谄媚的话，更不会把自己装饰得十分合适，然而我相信你不是浅薄的人，不会在这些事情上计较的。回想起来我只说了些紊乱的和不必要的言语，不知你可要笑我这样的傻气？

我毫无理由地说了些自己的事，因为你很好意地问我，而你前回的信上也说着很明达的话，我便坦直地说了。一个从小这样遭逢的人，假如有人很诚意地来垂问，往往会不顾一切地说的。实在我还有更不幸的事没有说，因为不忍再说了。我幼小的时候，就死了父亲——在军阀的铁蹄下，偶一不慎就遭到了生命的危险。及后母亲把事情告诉我，我对于中国这种莫大的恶势力，就深深怀着要打破的决心。母亲也来不及看我长大，在五年前死了。本来失去了父亲的孩子，已受够人世的苦味，却不料童年的时候，又遭逢这样一个打击。想到母亲十多年艰辛的抚养，我的心该怎样的苦楚呢！于是我依附到叔叔的家里，把自己一些剩留的东西，抵作我求学的费用。你大概能明白我所受打击的悲痛，和造成我现在环境的背景吧。你不会像一些时髦的女子一般，说我是一个失了父母的穷鬼吧？在我，相信你不会如此的。还有我没有告诉你的，是我做过几个月的囚徒，我既有黑白分明的意识，又干一些想干的事，便遭到了这个命运。这本来在现时代中不得什么，年轻人的热血是只有被抑止的。你大概能懂得这是一桩什么事吧。

当我把那些话对你说的时候，我看出你表示着同情。那正是你前信所说，现代的年轻人，往往有一种共同的不幸，你是为那共同的不幸而同情着。我感谢你，因为你不像其他的女子一样，听了这些话就摇头。你鼓励我的话，我深深地记着，希望你不断地给我勇气，我不愿落在人们背后偷懒的。

春光像天鹅绒一般的温柔可爱，我有幸地得以和你在它的怀抱中一起散步，一起谈话。我不能不感谢它，更不能不感谢你。柳树的嫩枝，到处飘荡着，我最欢喜的是那轻软的春风。我希望你不要把这次畅游忘记。

此刻我一个人在房里，同学们大都出去了还没有回来，宿舍里静静的，使我很安适地回忆起方才的一切。我一切都记得分明，有一天我能擎起拳头、痛打仇人的时候，那么在临死的刹那，我依旧会很清楚地记得你的。你很平安地回到了校里吧。

我祝福你！

瑞琪
四月十五日夜

瑞琪先生：

我很愉快地读了你的信。

别了你，我心里充满了一种新的情绪，使我的思想时刻幻想到新的事情。我自己也不明白，为什么会这样易于同情，我被你的话感动了。为了人家的事，或者为了一本小说上的故事，我常常会费了许多时光去思索，常常因为同情而作壮语、下一点决心。你的话，我好好地记得很清楚，我了解你的背景，我同情你；当然，你大概也相信我不是只配做交际场中点缀的人物，或只做商店中好主顾的人，我是不会笑你的。

你有这样的不幸，除了使我心头上划下深深的一条痕迹外，我始终希望这不幸能给予你一种好处，使你因此更认清这个世界，更把握住人生。我那种新的情绪，使我对你有一点冀求，我希望你在这现时代中做一颗有力的分子，同时我也这样勉励我自己。即使我的力量微弱，但是我们团结起来，让后来的人们可以登渡彼岸，那么我们也就得到了安慰，尽了我们的力量。

我的家庭环境，也是很可怜的，从小失去了母亲的孩子，有什么福分很得意地站在人家面前夸耀呢？虽然有父亲，但也许是没有了母亲的缘故，父亲对我，向来是冷淡的。幼小的时候，见到人家投在母亲的怀里，享受伟大的慈母的爱，我总一个人偷偷地流泪，还时时诅咒老天为什么把我的母亲夺了去。我看见人家父亲的爱抚，回想到自己连一点可能的福分都没有，我几次是伤心得快要发狂了。这原因，也许就是养成了我抑郁的性情。渐渐长大的时光，我才把这些稍稍抛却一点，然而人世的一切，更使我体味到种种的创痛。

我流泪，我哭，要把热泪来灌溉我的决心。世界原来是到处悲愁、到处阴暗的，人生不过是戏剧而已。舞台上的人生和现实的人生，有什么不同呢？假如用造化的眼光来看，我以为人不过是更可怜的一种生物罢了。然而话也不能说得太片面，我们既做了人，那么不能看这世界尽坏下去，也不能看大多数的人只浸在苦痛里面，要使人的世界改变得更好一点。

事情也实在碰巧，我们个人的环境，全有类似的缺憾，在这一点上，也许更有投契的可能吧。

我不曾因为一个男子不能说漂亮的话而鄙视，也不会因他不谄媚而失望，更不会因为不爱修饰而厌弃。我只鄙视只能说几句浮滑的话而不懂什么的男子，我只恨到处以妩媚女子算荣幸的男子，我也厌恶只懂装饰的男子，我厌恶这些。你的不加修饰的话和正直的态度，是我意想中的典型。我也佩服你，因为你的一切都使我感觉到如此。天气又在转变，刮着很大的风，窗子震得怪响。同学们大都已入睡了，我一个人听着外面的大风和笔尖在这信笺上走动的声音，在兴奋的情绪中给你写信，真是很有意味的。

敬祝安好。

如桐
四月二十一日深夜

你好吗？我想念你

慕凡—初柔

我真笑自己的痴，平时很刚强洒脱的女子，为了你，
就这么时时记在心里，甚至形于辞色间了。

∽⧓∽

初柔：

已有一个多星期不给你写信了。我因为忙，忙得像一只
苍蝇，不过生活得很有意义，所以请你勿念我。

我的表妹是个很有趣的姑娘，上星期在她家里的畅谈，
回想起来这使我觉得高兴，因为我得到你的谅解，你不愿意
我在百忙中抽出时光来写信，所以我延宕到了今天。

我从你的信里，体会着无限的热情。我爱你，初柔，我
是永远爱你的。

近来的天气真使人愁闷，我虽时常把你的情笑、把你的
话语在心头重温，不过反而越使我不能忍住那沉闷了。

　　我也不知道自己怎么会这么沉闷的，说是天气太热了吧，那么以后还要热呢。不过，我又没有其他的原因，我自己的结论还是为了天气。天空老是布满着阴沉的乌云，看了就使人不快，而且空间又塞满着闷热，使人感到难耐的气息。看着这些阴森的乌云在空中慢慢地飘浮，落下丝丝的雨，这雨滴又使我有了无穷的感想。

　　虽然我知道一个年轻人不该为了这点子小事就产生一些莫须有的感慨，说虽这么说，我仍然在为了这个而感到不快。

　　祝好。

慕凡
五月十四日

慕凡：

　　读了你的信，我极愉快。

　　这两星期中虽然没接到你一封信，不过我知道你很忙，自然也并不盼望。因为要你过分地在繁忙中写信，我是宁愿没有信的。我自己也为了忙，所以不给你写信。

　　天气如此，真也够沉闷，不知怎样心里不快起来。前几天的雨简直太困恼人了，它就好比愁丝样，年轻人到底容易为环境中的一切，转移到精神的生活中，我们都为了这个无限地惆怅了。

　　毕竟已是夏天，这几天天色好了一点，就很热了，夕阳

也生出了光辉。我本来是喜欢在晚色中玩赏的，见到你的诗，
我也就写了几句在下面，名之曰《残阳》吧。

      石冷红般的残阳溜下西墙，
      像鲜艳的胭脂，
      抹在雪样的纱上。
      像初熟的嫩柿，
      趴在棕褐的枝上，
      这纱巾浣染了急流的青溪，
      乌鸦的嘴尖啄断了密叶间的柿蒂。

    还有不多几天就要暑假了，我不想回去，也许跟一位同学住到她家里。她的家在杭州，我很想游一次西湖，她也对我说过几次了，已写信到父亲那边去询问了。

    你大概很欢喜我这样的吧。

初柔
六月二日

慕凡：

    本来接到你信后就想写回信，不过不知怎样的我流了许多泪，到底搁着了。我替自己想这原因，那么慕凡，我想是爱上你了。我该说怎样的话，怎样的表示，才能显露我爱你呢？

我知道自己是拙于辞令的人，因而也不会用我的笔完全表露我的情意，你是爱我的，你体会了吧。还有一个原因是我功课的牵累，所以就没有给你写回信。

出于我意外的你今天会到我这里来，我原是还带着孩子气的人，竟快活得跳跃着了。

我们一起在静僻的公园散步，你所说的一切诚挚的话，我永远不会把它们忘掉。请你相信我这样一个人！

然而你也许会恨我吧，当你要求有一个别离的香吻，也是我们最初一次的亲吻时，我是拒绝了。固然，以我们这样的热爱，在行为上很可以有这种表示。而且这一回暑假，又得别离，我们有热情的联系、书信的往返，但怅望云天的时候，也毕竟令人难耐吧！那么为什么不可以有一个甜蜜的亲吻呢？不过，事实上，我拒绝了，我是下意识地拒绝了。你得知道，一个少女总免不了有含羞的心，而且有一种自尊心，这种时候，就常常容易没有理由地拒绝的。我抚摩自己的心胸，现在也还是剧跳着呢。我请你原谅，我并非是故意的。

我现在想想，为什么不抓住这个机会呢？我要让你倒在我怀里，听你的低诉，我愿意给你一个深长的甜吻，然而我那时又拒绝了你。对于这个，我有着用来写的勇气，却临到事前就不行了。你要笑我吗？

你不要愁，即使不再读书，也不要紧的，读几年死书干吗？这年头还有许多要赶快去做的事呢！其实，要读书还是完全靠自己的好，我说不定也就会丢了这学校的生活。

希望你保重，到这远远的地方，果然是很有兴味的事，也是难得的机会。

当你握住我的手，依依地向我说"再见"时，我的心里仿佛有点异样，大概这就是所谓的恨吧！

我祝福你！

这时是一个月夜，窗外是蓝的天，蓝得可爱。我也祝福我自己，苍天应该维护一个孤零的孩子，好好地在客地度过这暑天。

望你因想到我时刻在怀念你，多多地珍惜吧！

你的表妹留我在她家住几天再到杭州，但我不高兴了。功课已先考毕，我后天就得动身，你说在月初也要出发的，望你回信给我。我的住址已在今天告诉你了。

祝你康健！

初柔
六月十七日夜

慕凡：

我虽安稳地到了杭州，可是一心又跟随着你，思念你的一切。

快函在我盼望中到来了，我雀跃地将它读着，对面躲在山腰里的夕阳也许正在偷笑吧。

我的朋友在旁边嘲笑我忘形的神态，我不睬她，使她不能再在这件事上嘲弄我。终于我笑着把你的信给她看了，慕凡，你允许这个吗？请你原谅我！我和她是好友，在我觉得是不要隐瞒的。

你的信带我到一个幻景中去，真的，假如我们一同在这种美好的清晨或月夜呢，那么天上和人间，将是怎样相映着的一幅图画啊！也许真会像你所说，我们会亲吻起来。但至少，我们会并肩着散步，踏着晨光、月色，畅谈着我们的心曲。慕凡，这情景总有一天会实现的吧，我是这样梦想着。

我不会忘掉你的，除非在我会把自己忘掉了的时候。请你多多珍惜你自己，因为你该想到有一个爱你的人时刻在思念你的。

西湖确是娇艳的地方，她好像正当妙龄的美丽姑娘，有着难言的好处。三面是连绵的山，其余一边才是热闹的市口，这澄明广泛的西湖，就在这中心了。她有如笼着轻纱，清晨、傍晚的迷蒙景色，更使人爱她了。

据说这里的山上，有许多好玩的地方，但使我一见就欢喜的，要说是那荡漾在湖中的小艇了。那样轻巧的小艇，用两支桨划动，在平静的湖面上轻荡，周围是山，是树。据说还可以到几处有名的地方去玩，那怎样地使我动心呢！我幻想着，假如我们一道在湖面上做这种事，你来吧，慕凡，你想是多么幸福的事！你一定会笑着，跟我纵谈一切了。

此刻太阳已近乎完全隐没了，可是一片金黄的光辉流连在平静的湖面，我坐在窗口，望去是锦样的姣好。晚风趁着这机会阵阵送来，暑气在夜色中已消逝了。

　　我就在这种情景中为你写信，你一定能想象到我的愉快吧。回头，就看见西湖向我含着笑，她应该是羡慕我的幸福，不会笑我如痴地在忆念你吧。

　　我的朋友的家就在湖畔，我住在二楼的一间小屋中，正是面对着群山和西湖，尽我消受这幸福。我觉得这种生活是太奢侈了，心里又不安起来。

　　每天太阳刚升起的时候，我也就从床上爬了起来。我也能看着日出，但谁看着的是更美的呢？

　　她们还没有起来的时候，我总是在窗前读着小说，或做着冥想，使我觉得幸福得要笑起来。

　　假期虽不回去，我每三四天为爸爸写一封信，因为我还是爱着他的。

　　夜幕已罩上了。

　　敬祝安好。

初柔
七月三日晚七时

慕凡：

　　天气这么炎热，我整天不想做什么事情，不过书倒读得不少了，成天懒得出去。这里有另外的一间小楼，窗前是几棵葱郁的大树，把烈日完全挡住了。我们时常坐在窗口的椅子里看书，有一阵阵风吹进来，在夏天里是很幸福的生活了。书看得厌的时候，我们就闲谈，话总是说得大家发笑，一点也没有头绪。生活这样地过去，你想是可笑吗？

早上和傍晚，我们每天出去玩的。

我总觉得这样的生活太奢侈，我过着这种安闲的生活太不应该了。有许多人流着热汗在最苦痛的生活中挣扎，有更多的人流着满身的汗还没有东西放到嘴里去，在鸟笼样的破屋中窒息着呼气。慕凡，我总有一天会加入到劳动大众的队伍中去，你是不会反对吧？

我的心里每一分钟使我挂念的东西，使我像一个离了慈母的婴孩。今天，你的信在中午时收到了，我那时正在看一本小说，我的朋友说给它占有了整个的我了，可她不知道我的心灵是给你占着的。我很愉快地读完了，此刻就给你写着回信。她又得笑我，但我也有机会笑她，因为她比我写了更多的信。

昨天向晚的时光，我们几个人坐了那种小游艇，在湖上游逛，轻轻地向前划去。我们抢着把桨，船夫却笑我们。我们到湖心亭去玩。所谓湖心亭是三间屋子和前后的一点草地，顾名思义，总是在西湖的中央了。我们坐在草地上，唱着歌，还吃着东西。后来又到两处别墅中去坐了一会儿，直到新月在东边探露着头角时，我们才尽兴地回去。

我虽然愉快地玩着，但心里总有一种缺憾的感觉，使我常默默地一个人沉思：你为什么不和我一起这样玩呢？要是你在我面前，那游兴该是还要浓吧，我将怎样地快活了呢？

她们见到我不快的时候，又来和我纠缠了。但也请你放心，我始终感到自己幸运，而欢愉地畅玩了归来的。

我真笑自己的痴，平时很刚强洒脱的女子，为了你，就这么时时记在心里，甚至形于辞色间了。可是我又有什么法子想呢？

生活得很好，望你勿念！

敬祝安好。

初柔
七月十日

我一路思念着你

尔奎—婉容

把你的照片拿在手里，一张是对我笑着，你的娇媚的眼，不加修饰的弯弯的眉毛，含笑的两颊，小巧的嘴。我看着也笑了，在欢笑中我吻着你。

∽

婉容：

我收到你的信的时光，你大概已离开了家了吧。不错的，软绵绵的生活使许多浅薄的人觉得安适，而会使一个意志不同的年轻人要厌恶的，但你又得去受家庭的麻烦了。

婉容，你寄过来的照片我是爱极了，我更爱你。我亲吻着你的照片，有如亲吻着你。你是这么的健美，这样仰卧在水面上更觉得可爱了。

你猜我这时在什么地方？我在赴浔的轮船上，开始向庐山出发了。远望浦口的群峰，缓缓地有如小脚的姐儿们向后走着，有一种羞怯的、静穆的体态。那条黄水的长江，抛滚着翻飞的浪涛。轮船只是向前行，有一种昂藏的气概，在江水中平白地形成了一个三角的急流，在这里，当然也无所谓漩涡了。你觉得我幸福吗？然而，不——因为我像你思念我一样地思念着你。

昨天深夜才睡，今天四时就起身，必须自己打铺盖。六时一刻，便到下关，下关的外滩，早给江水涨满了。接着就到一个"艒船"上，人挤得很。江船巍峨地行来，靠了埠，我们一伙人鱼贯地登上了轮船。你该料想到一个初次看到浩瀚江面的孩子的好奇，我痴一般地瞪视着激流的江水。然而我们的票是统舱，于是不得不住船尾了。宛如人间的地狱，一舱乘客不下数百人，铺位低低地搭成了三层，狭窄的两条铺位并排着，隔着一条间不容膝的空隙又是二条铺位。有各种各样的乘客：哭着喊着的小孩，皱着眉头的老头儿，胖胖的小商人，拖着孩子的女人；抽大烟，喝酒，因而散发出各种难闻的臭味，使人头晕。还有许多小贩，卖稀饭或大饼，嚷成了一片，也使人头晕。有时简直要作呕了，但我们也没奈何，只能权且宿用。好在外面有舱槛，除了不得已的睡眠之外，余下的时光当然可以遁逃出地狱的氛围了。这里也使我长见识了不少。

我们每人吃一点罐头的熟食，一顿午饭就在船上吃过了，也别有风味。看着人家以稀饭和饼作饭食的，我们也够说幸福了。

吃过饭，船便开了。这时我已在赴浔的轮船上。我坐在槛边，远望……也在同伴们的瞭望远景中，我给你写信，江风吹乱我的头发，我微微地笑着了。

望着辽阔的江水，我把你的一切，作为幻想的对象。我凝思着，好像你在向我微笑。我希望吹拂着我的江风，也温柔地吹送到你的面前，我把无限的情意，寄给它带向你吧！

这信寄在船上，恐怕盼望用快邮递送，到芜湖时可以发出，那大概是傍晚的时分。到了芜湖，明晨到安庆，再到九江，那也许要明天下午三四点钟了。我们这一群人，就惯做这种有味的事。

庐山的地址，已在这封信的背后写出了，因为希望你能马上就给我写信。

祝你安好。

尔奎
（一九三一年）七月五日于船中

我的婉容：

船过安徽芜湖的时候，给你一封快信，收到没有？这时候，我已安然在牯岭的莲谷写信了。近处的山水声夹着松涛，不绝地送来，天气凉得使我打战……

不由得你反对，也不由得你嫌厌，终于在江轮的统舱中倦宿了一宵，鸦片味、酒味、汗水臭，各种难闻的怪味直刺我的鼻管，倒也麻醉得我倦而易睡了。次晨，我一早就起来，那天空耀满了红云，太阳早已爬出东边的江岸，高挂在空际，平安地耀出一缕强烈的阳光，仿佛要穿透那江心，挺直地射入了江面的一角，水面上闪着鳞片般的光芒；回头靠着西边的栏杆，遥望那一片蔚蓝的天幕上，衬着绯色的云霞，映成虹一样复杂而美丽的颜色。太阳渐渐挂得高了，船在晨光中经过安庆，但并不靠岸。近瞩那带城市，多半淹在水中间，情形委实可怜又可怖。过了安庆又是茫茫的一片，两旁断续地站立着群山，烟一样、雾一样地慢慢飘去了，飘去了。我在这样的观望中挨过了整个的时日，刻刻怀念着你。照例和平日一般吃了饭，又到舱槛上去糟蹋时光。船打小孤山过身，那种峭立的山壁，巍峨得可怕，大块的岩崖，好似板着狰狞的脸，向我们瞪视，船过峡谷时不由得凛然对之。过了这个又是白茫茫的一片，平时本没有这样的大水，可是此次长江水涨，山洪暴发，两旁的田，都给淹成一片。江水中浮过两具赤膊的尸身，令人胆怯，这分明是受到水灾的饿殍，已残酷地葬身在大江中。婉容，这年头真糟了，这次水灾是多么可怕呢！从一个茶房处听到了几个关于投江一类的故事，一直有些凛然。来到了九江，那时已近六点了，在船上先吃过了晚饭。

抵埠后，见到许多高大的洋房，和那淹在水里的马路。街上在划船，甚至划到洋房的门里。有许多小船专做这一次大水的营业。马路上有几处搭有木板，从那短排上我们到了九江的大华饭店——也都淹了水了。在木板上行走，心里非常恐慌，因为短排太软了，人在上面一动，木板差不多就要成弧形，而且两人交叉过路时，更有掉落的危险。幸而离埠不远就到了大华，一窝蜂赶到几间大的屋子里。那里陈设极好。人在统舱中出来，身上已给汗水浸透了，到了饭店，首先便是洗澡，有人竟出了大门，在马路上洗起澡来。水和江流打成一片，光景是极使人害怕的。因为房里只有一个大铜床，我们一间里有九人，便用抽签的方法，派定了位置，我一个人独睡在沙发榻上——公认为第一等的床位。在吵闹中，在隔室的打牌声中，我安稳地睡了一夜。

今天一早起身，坐街车在大水中出发，坐船渡过了一条宽广的河，坐汽车到了庐山的山麓——莲花洞。在这里，我们坐山轿上莲谷，距离十八里，但山路峭削得可怖。在山轿中坐着，俯视那万丈的深渊，令人胆怯。经过许多峭削不过的地方，我们总是下轿行走，到山瀑处便用瓷杯打水畅饮，用水洗脸，极为凉快。爬山非常费力，所以大半的路程，还是在山轿中度过的。那时虽然也有恻隐的心肠，可是因为力不从心，终于瞧着那汗流如雨的轿夫，用八条腿一步步抬到了莲谷。在轿中，望得见给云雾吞噬的山巅，吹拂着山涧带下的清风，我的心中，充满了某种言说不出的愉快。但望尽那天际，看不见你的所在时，我又禁不住怅然了。庐山，果然有这样的美景呢。婉容，你不目睹，也许想象不到这些美景。我一路思念着你。

这里风很凉，晚上须盖厚被，傍晚穿绒线衫。白天我要在山泉的小池中游泳，有很多的人在玩着。身体在这种环境中，一定可以壮健起来。此间房中容五人，比紫金山那时较好，窗后就是山，门外看得见长江，也可以看到鄱阳湖，加着山瀑和松涛，我独奏着生命的弦乐。不过我又时常怅望云天，苦念着你，望你珍重。山中有老虎，且多蟒蛇及其他蛇类，昨天看见一条蜥蜴，有一尺半长。

昨天时光不够，不能到牯岭投信，此地相去有四里多路呢。

恐你想念，这信用航空邮递。

敬祝安好。

尔奎
（一九三一年）七月八日于庐山

尔奎：

到家后就接到你的信，你在船上发的那封信。你给滔滔的江水，送向更远的地方了。你对着无际的江水凝思的时候，也正是我仰望着天空做着无尽的幻想，我刻刻在计算你的行程，祝告你的平安。

但你也不要过分念我，我平安地到了家里，不过心里却有一种难言的感慨。她们全不许我走，要我住完了这假期。虽然我不忍拂她们的好意，她们也知道我家庭的背景，家里没有一个亲热的人，回去准是没有味儿的，但我对于苏州是厌恶了，她们天天拉我去玩，我心里却莫名其妙在痛苦。说来你也许要怪我，我对于现实的一切，真是太不能相安下去了。我的心里好像有一种热的力，要冲出胸口。我不能安然和她们一起玩、再住下去，所以就回来了。回家来自然也没有什么意思，我只是想看一些计划中的书，还想归来看看妈妈的坟墓。我近来又渴念着她，甚至时常梦到她。

我终于离开了好朋友们，回家来了。但一到家来，见了和往常一样的生疏的爸爸、客气得使我便觉凄凉的后母，和一些不很亲热的弟妹对我的谈话，我又是十二分懊悔了。我懊悔不该回来，而且我心里有了难言的愤恨。到了自己那凄凉的房里，一个人在里面哭了。我流着泪，但有什么人来给我一点安慰呢？我把妈妈的遗像拭去了一些灰尘，看着慈爱的面容，仿佛在向我可怜地苦笑。尔奎，人生在这样的情景中，我想能不流泪吗？看到每一件东西，都使我觉得凄惘，更想放声地大哭了。

尔奎，人世中已没有一个安慰我的人，我除感谢时常逗我玩笑的好友们以外，你是我的亲爱者吗？我这么的可怜，我这么的孤零，我愿意伏在慈母的遗像面前割破了这创痛的心。假如你是爱我的，那么在我寂寞的心田中至少也得到一点滋润了。我愿意将我纯洁的、热诚的心，敬献给你。

我从小不是多愁的孩子，这大概是命运注定我的吧。

今晨，接到你航空递寄的信，我极愉快。你已安抵牯岭了。你告诉了我许多详细的情形，我在幻觉中好像也经历了那一些情景。这地方又是十分好玩，望你多多地享受，也多多地告诉我一点。相隔得这么遥远，但我的心是紧随在你身畔的。

一时的兴趣，我把你先后的信一起检点了一次，我含笑着把它们又读了一遍。我读着读着，它们把我的愁思赶跑了。然后我又一起珍藏了起来。

这几天，此间很炎热，我是顶讨厌暑天的，所以更使我感到生活沉闷。想到你住在满眼山水的好地方，可以在同伴中讨论一切的计划，读你爱好的书，而且可以到各处去玩，不能不说是幸福吧！天气又阴凉，你们躲掉了酷暑的蒸熏了。

我盼望时日快些过去，到达开学的一天。

敬祝安好。

婉容

（一九三一年）七月十七日

我的婉容：

我们预备明天下山、离开此地了。凑巧得很，午时你的信到来了，假如迟一天，就不能到我的手里呢。

十二分的愉快，因为知道你生活得很好。

昨天这山上满眼是云，早晨泻了倾盆般的大雨，心中很闷。

山上的天气如初冬，风又刮得极大，坐在房里又像坐在云端，但我总为你的怀念而处处保重的，请放心。

我已一心要回来了。望着茫茫的白云，我做了许多幻想，好像在一处幽美的地方，我们玩着谈着，任性地浸在快乐中间。急切地盼望着归来，我已没有心绪做什么事，径自对着山腰的白云出神，倾听着山瀑的奔流、松涛的震响。

回想到这两月来的生活，好比一只无羁的鸟到处飞跃着一样。我自己知道太幸福了。在这里，好像想不到还有一个纷扰的人世，把一切全要忘掉。把你的照片拿在手里，一张是对我笑着，你的娇媚的眼，不加修饰的弯弯的眉毛，含笑的两颊，小巧的嘴。我看着也笑了，在欢笑中我吻着你。还有一张你撒娇地仰卧在水面上，我越看越觉得爱你了。

明天，就是明天我得离开此地了。

你期待着我，我更在这里想抓破这空间呢。

准定了哪一天到上海，我就告诉你。

祝你安好！

.尔奎

（一九三一年）七月二十九日

婉容：

庐山在我背后隐逝了。我此刻又在轮船的甲板上，在同伴们的笑谈中，在船身的摇摆中，给你写信了。

那巍峨的峭壁、高耸在云端里的山峰、狰狞的巨石、松涛瀑流的鸣声，这一切又和我作别了，成了我回忆的故乡，也可以作为我们相见时的谈资吧。离了它，我又觉得依依了，这毕竟是难得的奇景。然而有我的爱人在期待着我，有我的事业在期待着我，我是含笑着把它丢了。

在庐山我梦着你，但此后我的睡梦中也将有着它了。

你也想到我这时已在一步步地靠近着你了吗？这滔滔的江水，带我到这里来时，已是快一月的事了。

我到了南京，耽搁一夜就到上海，我坐那班特快车，我已决定了在七日那天。假如可能，希望你在站上候着，作我们别了两个月的会晤。记得别时的前几天在公园会你的时候，你对我还是那么的害羞，但我期望着我有亲吻你的那一瞬。

你允许我吗？

有许多的话，要在你面前倾诉，希望以后我们能切实地共同去努力。

话多了反不容易写了，我留待见你时面谈吧。

敬祝安好。

尔奎
（一九三一年）八月二日

向着爱的方向奔驰

鲁迅—许广平

我寄你的信，总喜欢送到邮局，不喜欢放在街边绿色铁筒内，我总疑心那里是要慢一点的，然而也不喜欢托人带出去，于是我就慢慢地走出去。

乖姑！小刺猬：

在沪宁车上，总算得了一个座位；渡江上了平浦通车，也居然定着一张卧床。这就好了。吃过一元半的夜饭，十一点睡觉，从此一直睡到第二天十二点钟；醒来时，不但已出江苏境，并且通过了安徽界蚌埠，到山东界了。不知道刺猬可能如此大睡，我怕她鼻子冻冷，不能这样。

车上和渡江的船上，遇见许多熟人，如马幼渔的侄子、齐寿山的朋友、未名社的一伙；还有几个阔人，说是我的学生，但我不识他们了。那么，我的到北平，昨今两日，必已为许多人所知道。

今天午后到前门站，一切大抵如旧，因为正值妙峰山香市，所以倒并不冷静。正大风，饱餐了三年未吃的灰尘。下午发一电，我想，倘快，则十六日下午可达上海了。

家里一切如旧，母亲精神形貌仍如三年前，她说，害马为什么不同来呢？我答以有点不舒服。其实我在车上曾想过，这种震动法，于乖姑是不相宜的。但母亲近来的见闻范围似很窄，她总是同我谈八道湾，这于我是毫无关心的，所以我也不想多说我们的事，因为恐怕于她也不见得有什么兴趣。平常似常常有客来住，多至四五个月，连我的日记本子也都打开过了，这非常可恶，大约是姓车的男人所为。他的女人，廿六七又要来了，那自然，这就使我不能多住。

不过这种情形，我倒并不气，也不高兴，久说必须回家一趟，现在是回来了，了却一件事，总是好的。此刻是十二点，却很静，和上海大不相同。我不知乖姑睡了没有？我觉得她一定还未睡着，以为我正在大谈三年来的经历了。其实并未大谈，我现在只望乖姑要乖，保养自己，我也当平心和气，度过预定的时光，不使小刺猬忧虑。

今天就是这样吧，下回再谈。

（一九二九年）五月十五夜

小白象①：

昨夜饭后，我到邮局发了你的一封信，回来看看文法，十点多睡下了。早上醒来，算算你已到天津了，午饭时知已到北平，各人见了意外的欢喜，你也不少的高兴吧。今天收到《东方》第二号，又有金溟若的一封挂号厚信，想是稿子，都放在书架上。我这两天因为没甚事体，睡得也多，食得也饱，昨夜饭增添了二次，你回来一定见我胖了。我极力照你的话做去，好好地休养。今天下午同老太太等大小人五六个共到新雅饮茶，她们非常高兴，因为初次尝尝新鲜，回来快五点了。《东方》看看，一天又快过去了。我记得你那句总陪着我的话，我虽一个人也不害怕了，两天天快亮就醒了，这是你要睡的时候，我总照常地醒来，宛如你在旁预备着要睡，又明知你是离开了。但古怪的感情，这个味道叫我如何描写？好在转瞬天真个亮了，过些时我就起床了。

（一九二九年）十五日下午五时半写

小白象：

昨天食过夜饭，我在楼上描桌布的花样，又看看文法，十一点了，就预备睡。睡得还算好，可是四点多又照例醒了，一直没有再困熟，静静地躺着，直至七点多才起来。昨日你本于午饭时到了，又加之听三先生从暨大得来消息，西匪退出乡土了，原因是湘军南下包围，如此别方面不致动作了，也可稍慰。今天上午我在楼下缝了半天衣服，又看看报纸，

① 小白象即鲁迅。

中饭的时候，三先生把电报带来了，人到依时，电到也快，看看发电时是"十三，四〇"，想是十五日下午一点四十分发出的，阅电心中甚慰（虽然明明相信必到，但愈是如此愈非有电不可，真奇怪）。看电后我找出一句话说："安"字可以省去。三先生说，多这个字更好放心，三先生真可谓心理学家，知道你的心理了。我直至此刻都自己总呆呆地高兴，不知何故。

这几天睡得早，起得早，晨间我都在下面吃早粥的。今天那个地方完全不痒了，别的症候也好了，想是休息过来的缘故，以后我当更小心，不使有类似这类的事体发生，省得叫远路的人放心不下。阿ブ②当你去的第一天吃夜饭的时候，把我叫下去了，还不肯罢休，一定要把你也叫下去，后来大家再三给她开导，还不肯走，她的娘说是你到街上去了，才不得已地走出，这人真有趣。上海是入了梅雨天了，总是阴阴沉沉，时雨时晴，那种天气怪讨人厌的，你一到家大家都遇到了吗？太师母等都好？替我问候。局面现时安静，听说三大学之被封，是因前大陆校长鼓动三校学生预备包围市党部，替桂方声援之故云，不知确否。

愿眠食当心。

小刺猬
（一九二九年）五月十六日下午

　　小白象：

　　今天下午刚发一信，现时又想执笔了，这也等于我的功课一样，而且是愿意习的那一门，高兴得就简直做落去吧，于是乎又有话要说了——

　　这时是晚上九点半，我一边洗脚，一边想起今天是礼拜五，明天是礼拜六，又快过去一礼拜了。此信明天发，省得日曜受耽搁，料想这信到时又过去一礼拜了，得到你的回信时又是再一礼拜，那么总共就过去三个礼拜了。那是在你接此信、我收到你复此信时候的话。虽然真个到临还有些时光，但不妨以此先自快慰！话虽如此，你没有工夫就不必每收一信即回一封，因我已晓得你忙，不会怪念的。

　　生怕记起的又忘记写了，先写出来——你如经过琉璃厂，别忘记买你写日记用的红格纸，因为已经所余无几了。你也许不会忘记，我是提一声较放心。

　　我寄你的信，总喜欢送到邮局，不喜欢放在街边绿色铁筒内，我总疑心那里是要慢一点的，然而也不喜欢托人带出去，于是我就慢慢地走出去，说是散步，信收在衣袋内，明知被人知道也不要紧，但这些事自然而然似觉含有秘密性似的。信送到邮局，门口的方木箱也不愿放进去，必定走到里面投入桌子下。心里又想，天天寄同一名字的信，邮局的人会不会古怪？挽救之法，于是乎用别号的三个较生眼的字，而不用常见的二字，这种思想，自己也觉得好笑，但也没有支配这个神经的神经，就让他胡思乱想吧。当走去送信的时候，我忆起有个小人夜里走到楼下房外信局的事，我相信天下痴呆不让此君了。但北平路距邮局远，自己总走不便，此风万不可长，宜切戒！！！

今日下午也缝衣，出去寄信时又买些香蕉、枇杷，回来大家分吃，并且下午又曾大吃烤豆沙烧饼一通。你近日来是不是大吃火腿呢？云腿吃过没有？还堪入口否？我身体精神都好，食量也增加，而且不必吃消化药，只不过继续做一种事情，久就容易吃力，浑身疲乏。我知道这个道理，总小心调节，坐坐就转而睡睡，坐睡都厌就走到四川路缓缓来回一个短路程，如是就不致吃苦了。

时局消息，阅报便知，不及多述了。有时北报似更详悉，此间由三先生看看外国报，也有些新闻听到。听说京汉路不大好走，津浦照常，但你来时必须打听清楚才好。

小刺猬

（一九二九年）五月十七夜十时

小刺猬：

昨天从老三转上一信，想已到。今天下午我访了未名社一趟，又去看幼渔，他未回，马珏是因疮进病院多日了。一路所见，倒并不怎样萧条，大约所减少的不过是南方籍的官僚而已。

关于咱们的故事，闻南北统一以后，此地忽然盛传，研究者也很多，但大抵知不确切。上午，令弟告诉我一件故事。

他说，大约一两月前，某太太对母亲说，她做了一个梦，梦见我带了一个孩子回家，自己因此很气愤。而母亲大不以气愤之举为然，因告诉她外间真有种种传说，看她怎样。她说，已经知道。问何从知道，她说，是二太太告诉她的。我想，老太太所闻之来源，大约也是二太太。而南北统一后，忽然盛传者，当与陆晶清之入京有关。我因以小白象之事告知令弟，他并不以为奇，说，这也是在意料中的。午前，我就告知母亲，说八月间，我们要有小白象了。她很高兴，说，我想也应该有了，因为这屋子里，早应该有小孩子走来走去。这种"应该"的理由，和我们是另一种思想，但小白象之出现，则可见世界上已以为当然矣。

不过我却并不愿意小白象在这房子里走来走去，这里并无抚育白象那么广大的森林。北平倘不荒芜下去，似乎还适于居住，但为小白象计，是须另选处所的。这事俟将来再议。

北平很暖，可穿单衣了。明天拟去访徐旭生。此外再看几个熟人，另外也无事可做。我觉得日子实在太长，但愿速到月底，不过那时，恐怕须走海道回了。

这里和上海不同，寂静得很。尹默、凤举，往往终日倾心政治。尹默之汽车，昨天和电车冲突，他臂膊碰肿了，明天拟去看他，并还草帽。台静农在和孙祥偈讲恋爱，日日替她翻电报号码，忙不可当。林卓凤在西山调养胃病。

我的身体是好的，和在上海时一样。据潘妈说，模样和出京时相同。我在小心于卫生，勿念，但刺猬也应该留心保养，令我放心。我相信她正是如此。

附笺一纸，可交与赵公。又告诉老三，我当于一两日内寄书一包（约四五本）给他，其实是托他转交赵公的，到时即交去。

迅
（一九二九年）五月十七夜

想我就给我写信吧

宝玥—佳铭

我向着天际遥望，白云在天上飘着，却不能将我的心交给它带到你
怀里，又不能把我的话送到你耳边。我轻轻地在这里说：我安好着，
祝告我的爱人也安好。

我的佳铭：

你的信到来的时候，我正发着寒热。我自己也不明白，为什么这样凭空地病了起来。不过我请你放心，那是一点不要紧的，不是什么大病，大概又是自己不小心、贪凉的缘故。

这里有一个老女仆，她是看我长大的，待我很好。所以病了也不觉得寂寞，虽然此外也没有什么人来我的房里了。不过有着这么一个忠诚服侍我的人，我还有什么不满意呢？而且你的信给了我无限的安慰，佳铭，读着你的信，我含着热泪而微笑了。这是欣喜的泪，我因为欣慰着这枯寂的人世中，有你在挚爱我。我笑，我为你而微笑了。向镜子里看看自己，

是灼热的双颊和润湿了的眼睛，但我的微笑是浮现着的。

我心里的热情，像两颊给了热度一般地燃烧着，我祝福你，也为自己祝福。

你是不会抛弃我的了，因为我已见到你一颗鲜红的心。

请你不要为我担忧，这小病是就会好的，至多不过两三天。我也一点不寂寞，因为我有许多幻想建立在你身上，也够消磨时光了。并且妈妈的相片就悬在我床的对面，她整天伴着我，我怎么还会寂寞呢？

早上，在半睡状态中，我好像见到你，下意识地伸开两手想握住你时，才在睡梦中醒来了。我只能给自己一个苦笑。

此刻我的热度已退了，病就算这样的好了吧。老妈子看见我现在在握着笔写信，一定又要发急起来，说一些没有次序的啰唆的话，那我和她分辩也不会清楚的，也许累得我又要笑起来。佳铭，你放心，我知道自己已退烧了。要我搁着你的信，那是不可能的，我不能安心。

你告诉我的好玩的情景，也可以做我在寂寞中的遐想。

敬祝安好。

宝玥
六月二十日午

佳铭：

计算日子，我给你的信已发出了五天了，我相信你知道我病着，不会把这信搁着不复的吧？但现在分明已五天了，那真差不多是一个例外。

记得你总是马上复我的信的，那次你有点不舒适的时候，也照例写信给我，那么现在为了什么呢？你也病了吗？佳铭，假如你不幸而真的病着，你能不能写一个字让它到达我这里来，做我卧病中的一点安慰？然而，若是你真的病了，我又哪里愿意你勉强握笔呢？我是这样矛盾着，矛盾着，因而我深深地苦痛了。

尽我可能地去思索，越思索我却越糊涂了。最后我料定你是病，或者你是忙，假如除了这两个原因外，还有别的，那么我实在不敢想这是什么原因了。你告诉我吧！佳铭，我在高度的发热中苦念着你，是怎样一件不幸的事啊！

热度虽是每次退清的，可是也每天反复，我又请医生诊治了一次，也不见得好起来，我或者要住到医院里去了。病的滋味是很难消受的，何况在病中还要苦念着你，连仅仅你的能安慰我的信，也没有收到。住在学校的病室里，这一区好似深山的幽谷，满是阴愁的气氛。我一个人住一间房，听到隔室同学的呻吟，更使我烦恼起来，几乎想不顾一切地跑开了。我怎样能忍耐地躺着呢？病里就格外容易想起许多不必想的事，然而也必然的，使我要想起永远不能再见的爸爸和妈妈。爸爸的面貌，多少是模糊了，但我也构成了一个明显的幻想。热度高的时候，在昏迷中我好像看见他们慈爱的微笑，在我耳边说柔软的话；等到我要抓住时，又像烟一样地消散了。我又筹划着自己的前程，将怎样好好地去做。我好像看见自己的血被人家践踏着，可是无数的群众，已向前奔跑了。我微微地笑着。

然而大多的时光，我在忆念着你。你又为什么不给我只字呢？躺在床上，就觉得时间分外地长了，每分钟都是拖得长长的，好比蜗牛爬行。我有时候毫无理由地诅咒，过后又自己发笑起来。

听到窗外的鸟鸣，在卖弄它们的歌喉，我又想到我们那次同学游了。如今已是盛夏将老去的时光，我们却没有一个机会在欢笑中把夏送去。

同学们也不能怎样地陪我，陪我的只是窗头的阳光。黑夜到来的时候，就只有一盏孤灯了。

你想到我这个可怜的人吗？

敬祝安好。

宝玥
六月二十六日

佳铭：

我应该向你说些什么话呢？好像落在一个无底的深渊里，我有点茫然了。

我已搬到青山病院里，因为病总是不见好，住在学校里太不便了。我对着镜子看看自己，的确已消瘦了不少，为病而这么瘦削吗？还是想念你的缘故呢？你能不能回答我？

此刻是即将破晓的时光，深夜三点钟光景，我刚做了一个可怕的梦醒来了。那实在是一个错杂的、纷乱的梦。

起先我梦到在妈妈的跟前，啊，我虽是一个伶仃的孤儿，却也在梦里还抓到这一点可贵的幸福，我希望每夜能做这样的梦，那多少是一种幸运。后来好像在现实中一样，我是病着，软弱地躺在床上，而你却温存地为我看护，你体贴我，总是含着微笑，殷勤地照顾我。佳铭，我是怎样欣喜呢？可是从睡梦中醒来，又过分地凄凉了。一切是比烟雾还不可捉摸呢。何尝有妈妈，更何尝有你呢？然而梦中那一瞬，是值得宝贵的。佳铭，梦也不给我一个完美的梦，我终于惊骇得醒了，因为不知怎地我梦到你的不幸，你好像躺在病床上奄奄一息。因为这样，我惊骇得叫醒了，现在，我的心还是狂跳着。

佳铭，这大概因为我想得太多，才做着这些可笑的梦吧？然而我更念你了，你好吗？

那第二封信离开到今天，又是一个星期，你仍然一个字也不寄给我。我再三读你最近的一封信，你的信里是充满着无限的热情、无边的蜜意，难道你这样使我茫然地不理我了吗？我是了解你的，我深信你绝不会这样。但摆在面前的事实，要我怎样地去解释呢？

这好多天中间，你知道吗，我是那样地为你痛苦？

去不了的是我的病，抓不破的是眼前这空间，我一心想到你面前去，解答这一个哑谜。若是我的信给邮局遗失了，那么总不是每一封信都如此吧？

天好像已发光了，电灯却更暗淡下来。我不能够再坐着多写，头晕得又要去睡了。

我很知道保重，望你勿念。

候你的信。

敬祝康健！

宝玥
六月二十八日深夜

佳铭：

我哭了。生活使我害怕起来，难道我近来一直在梦里吗？似乎我到了另一个世界，不再是以前的我了。不然的话，我怎么一直不能得你的音讯呢？

几封信都到达你的面前了吗？

相隔几十里的路途，但我始终不能想象到你的情景，这三个星期中，你的生活如何？到现在，我不敢想，也不能想了。假如你是病了的，那我想你也不会忍心使病着的我这样发急，至少也能写一个字吧？

我的病已好了一点，原来是患了伤寒，前几天最厉害的时光，医生一点也不许我动弹。身体的苦楚，我能够容受，可是心灵的不安，却摧残了我。因为我的身体不能支持，尤其因你好久不写信给我，我没有勇气提笔了。可是今天精神已恢复了一些，我又忍不住要给你写信。

回想到这三星期不幸的生活，连你，最亲热的好友也不给我一点安慰，我是忍不住流泪了。

你说过是同情我的，而且是关心我的，那你不会因我的病，就摒弃我吧？

一个失了父母的孤儿，在叔叔的照拂之下，病了能够住医院，虽然钱是父亲留下来的，也很可以说是幸运的了。有无数的大众，患着危险的病症，不敢请一回医生，好坏都凭命运。那么我住的虽是三等病房，已使我的心灵中感到不安。

三等病房是很大的一间屋子，里边睡十四位病人，中间各种病人都有。看着人家一张张枯黄瘦削的脸，听他们痛苦的呼喊，我时常想逃跑了。这里只有病弱的面容、苦痛的悲愁。我希望自己能快一点脱离。

但人家还有人来慰问，我呢？我连你的一封信也不能得到啊，还有什么呢？

你先前对我说过的话，向我表示的诚意，总不会使我失望吧？我是不和富贵有缘分的人，也不想和一切肤浅的时髦相接近，想来你总不会为了这些原因吧？

我还有许多话，不过不知道怎样说了才最适合。盼望你的信，因为只有它是足以安慰我的。

敬祝安好。

宝玥
七月三日

爱人：

　　我同时诵读着你两封长信，热血在我周身沸腾，心灵更为它狂跳了。我忘形地径自读着，亲爱的，我几乎疯狂了。从每一行里，从你的字迹里，我体味到诚挚的爱、不安的情绪。

　　我悔了，我深深地悔了，把这一点小病告诉你，累你掀起无限的愁绪。然而，佳铭，你这样地发愁，你应当知道更使我难堪吧？我知道你想到自己是和我一样的身世，料想我处在这种没有一个亲人的家庭里，为这小病又够受凄凉了，你因而更发愁的吧？可是请你放心，我早说想到你的一切，看到慈母的遗容，我就无限地欣喜和安慰了。我知道只要自己创造，光明是就在眼前的，我有了你的鼓励，有了你的鞭策，过去的愁绪可以完全忘却，而面前的荆棘，也有勇气去披斩的。

　　爱人，假如你相信我不是过分懦弱的一个女子，你也该信任我有勇气和命运争斗的，只要你是永远地爱我。要是你能够抱住这样的信心，则我诚意地说你不要为我而发愁。我绝对信任你是一个能奋斗、有勇气的青年，如今有这样的感慨，无疑是为了我。我怎么也没想到假如给云天远隔的爱者在孤寂的环境中病了的时候，该是怎样着急，不过我本来不是了不得的大病，希望你也是为了我，仍旧很愉快着，不要愁了吧！因为假如你为我的小病就愁到这样，那我更不能安心了。

　　我向着天际遥望，白云在天上飘着，却不能将我的心交给它带到你怀里，又不能把我的话送到你耳边。我轻轻地在这里说：我安好着，祝告我的爱人也安好。

　　真的，我前天就已经完全好了，一切都和平时一样。我不愿意再使自己发愁，因为我知道你不欢喜我这样的。家庭的环境，无论怎样不会再改变得好的了，我现在已不愿为它枉费眼泪了。

但我读了你的信，禁不住掉下泪来。

昨天傍晚，我一个人到爸爸妈妈墓前去，青草密密地掩着，无限的荒凉，无限的悲怆。我默默地在那边站着，像圣教徒祈祷一样地站着，空旷的天上，已到处是晚霞了。

我不流泪，因为我安慰地下慈父慈母的心灵。只是悲楚的情绪中，我在心头盘旋着壮语，为自己的前途建筑那光明的园地。那时我又想到你。

傍晚，啼倦了的蝉鸣，一声声催我归去的时候，我才洒下几点清泪，掉在那青青的草地上，一个人踏着晚色走了。

离暑期开学很近，想你就要回来了。

敬祝安好。

宝玥
七月十六日夜

我愿意从此跟你往高处飞

徐志摩—陆小曼

我再不能放松你，我的心肝，你是我的，你是我这一辈子唯一的成就，
你是我的生命、我的诗；你完全是我的，一个个细胞都是我的——
你要说半个"不"字，叫天雷打死我完事。

龙龙①：

我的肝肠寸寸地断了，今晚再不好好地给你一封信，再
不把我的心给你看，我就不配爱你，就不配受你的爱。我的
小龙呀，这实在是太难受了，我现在不愿别的，只愿我伴着
你一同吃苦——你方才心头一阵阵地作痛，我在旁边只是咬
紧牙关闭着眼替你熬着。龙呀，让你血液里的讨命鬼来找着
我吧，叫我眼看你这样生生地受罪，我什么意念都变了灰了！
你吃现鲜鲜的苦是真的，叫我怨谁去？

离别当然是你今晚纵酒的大原因，我先前只怪我自己不
留意，害你吃成这样，但转想你的苦，分明不全是酒醉的苦，

① 龙龙即陆小曼。

假如今晚你不喝酒，我到了相当的时刻得硬着头皮对你说再会，那时你就会舒服了吗？再回头受逼迫的时候，就会比醉酒的病苦强吗？咳，你自己说得对，顶好是醉死了完事，不死也得醉，醉了多少可以自由发泄，不比死闷在心窝里好吗？所以我一想到你横竖是吃苦，我的心就硬了。我只恨你不该留这许多人一起喝，人一多就糟，要是单是你与我对喝，那时要醉就同醉，要死也死在一起，醉也是一体，死也是一体，要哭让眼泪合成一起，要心跳让你我的胸膛贴紧在一起，这不是在极苦里实现了我们想望的极乐，从醉的大门走进了大解脱的境界，只要我们灵魂合成了一体，这不就满足了我们最高的想望吗？

啊！我的龙，这时候你睡熟了没有？你的呼吸调匀了没有？你的灵魂暂时平安了没有？你知不知道你的爱正含着两眼热泪在这深夜里和你说话，想你，疼你，安慰你，爱你？我好恨呀，这一层的隔膜，真的全是隔膜，这仿佛是你淹在水里挣扎着要命，他们却掷下瓦片石块来算是救渡你，我好恨呀！这酒的力量还不够大，方才我站在旁边我是完全准备了的，我知道我的龙儿的心坎儿只嚷着："我冷呀，我要他的热胸膛偎着我；我痛呀，我要我的他搂着我；我倦呀，我要在他的手臂内得到我最想望的安息与舒服！"——但是实际上我只能在旁边站着看，我稍微一帮助就受人干涉，意思说："不劳费心，这不关你的事，请你早去休息吧，她不用你管！"

哼，你不用我管！我这难受，你大约也有些觉着吧！

方才你接连叫着，"我不是醉，我只是难受，只是心里苦"，你那话一声声像是钢铁锥子刺着我的心：愤、慨、恨、急，各种情绪就像潮水似的涌上了胸头；那时我就觉得什么都不怕，勇气像天一般的高，只要你一句话出口什么事我都干！为你我抛弃了一切，只是本分为你我，还顾得什么性命与名誉——真的假如你方才说出了一句半句着边际、着颜色的话，此刻你我的命运早已变定了方向都难说哩！

你多美呀，我醉后的小龙，你那惨白的颜色与静定的眉目，使我想象起你最后解脱时的形容，使我觉着一种逼迫赞美崇拜的激震，使我觉着一种美满的和谐——龙，我的至爱，将来你永诀尘俗的俄顷，不能没有我在你最近的旁边，你最后的呼吸一定得明白报告这世间你的心是谁的、你的爱是谁的、你的灵魂是谁的！龙呀，你应当知道我是怎样地爱你，你占有我的爱、我的灵、我的肉、我的"整个儿"。永远在我爱的身旁旋转着，永久地缠绕着，真的，龙龙，你已经激动了我的痴情。我说出来你不要怕，我有时真想拉你一同死去，去到绝对的死的寂灭里去实现完全的爱，去到普遍的黑暗里去寻求唯一的光明——咳，今晚要是你有一杯毒药在近旁，此时你我也许早已在极乐世界了。说也怪，我真的不沾恋这形式的生命，我只求一个同伴，有了同伴我就情愿欣欣地瞑目；龙龙，你不是已经答应做我永久的同伴了吗？我再不能放松你，我的心肝，你是我的，你是我这一辈子唯一的成就，你是我的生命、我的诗；你完全是我的，一个个细胞都是我的——你要说半个"不"字，叫天雷打死我完事。

我在十几个钟头内就要走了，丢开你走了，你怨我忍心不是？我也自认我这回不得不硬一硬心肠，你也明白我这回去是我精神的与知识的"散拿吐瑾②"。我受益就是你受益，我此去得加倍地用心，你在这时期内也得加倍地奋斗，我信你的勇气，这回就是你试验、实证你勇气的机会。我人虽走，我的心不离开你，要知道在我与你的中间有的是无形的精神线，彼此的悲欢喜怒此后是会相通的，你信不信？（身无彩凤双飞翼，心有灵犀一点通。）我再也不必嘱咐，你已经有了努力的方向，我预知你一定成功，你这回冲锋上去，死了也是成功！有我在这里，龙龙，放大胆子，上前去吧，彼此不要辜负了，再会！

摩

（一九二五年）三月十日早三时通

眉：

  "幸福还不是不可能的"，这是我最近的发现。

  今天早上的时刻，过得甜极了。只要你、有你，我就忘却一切，我什么都不想、什么都不要了，因为我什么都有了。

  与你在一起没有第三人时，我最乐。坐着谈也好，走着道也好，上街买东西也好。眉，你真玲珑，你真活泼，你真像一条小龙。

  我爱你朴素，不爱你奢华。你穿上一件蓝布袍，你的眉目间就有一种特异的光彩，我看了心里就觉着无可名状地欢喜。朴素是真的高贵。你穿戴齐整的时候当然是好看，但那好看是寻常的，人人都认得的，素服时的眉，有我独到的领略。

我的胸膛并不大，决计装不下整个或是甚至部分的宇宙。我的心河也不够深，常常有露底的忧愁。眉，只有你能给我心的平安。在你完全的蜜甜的高贵的爱里，我享受无上的心与灵的平安。

眉，你今天说想到乡间去过活，我听了顶欢喜，可是你得准备吃苦。总有一天我引你到一个地方，使你完全转变你的思想与生活的习惯。你这孩子其实太娇养惯了！

眉，你怕死吗？眉，你怕活吗？活比死难得多！眉，老实说，你的生活一天不改变，我一天不得放心。但北平就是阻碍你新生命的一个大原因，因此我不免发愁。

我从前的束缚是完全靠理性解开的，我不信你就不能用同样的方法。万事只要自己决心，决心与成功间的是最短的距离。

往往一个人最不愿意听的话，是他最应听的话。

徐志摩
（一九二五年）八月九日

摩：

昨天才写完一信，T. 来了，谈了半天。他倒是个很好的朋友，他说他那天在车站看见我的脸吓一跳，苍白得好像死去一般，他知道我那时的心一定难过到极点了。他还说外边谣言极多，有人说我要离婚了，又有人说摩一定不是真爱我，若是真爱绝不肯丢我远去的。真可笑，外头人不知道为什么都跟我有缘似的，无论男女都爱将我当一个谈话的好材料，没有可说的也是想法造点出来说，真奇怪了⋯⋯

摩，为你我还是拼命干一下的好，我要往前走，不管前面有几多的荆棘，我一定直着脖子走，非到筋疲力尽我决不回头的。因为你是真正地认识了我，你不但认识我表面，你还认清了我的内心。我本来老是自恨为什么没有人认识我，为什么人家全拿我当一个只会玩只会穿的女子；可是我虽恨，我并不怪人家，本来人们只看外表，谁又能真生一双妙眼来看透人的内心呢？受着的评论都是自己去换得来的，在这个黑暗的世界有几个是肯拿真性灵透露出来的？像我自己，还不是一样成天埋没了本性以假对人的么？只有你，摩！第一个人能从一切的假言假笑中看透我的真心，认识我的苦痛，叫我怎能不从此收起以往的假而真正地给你一片真呢！我自从认识了你，我就有改变生活的决心，为你我一定认真地做人了。

因为昨晚一宵苦思，今晨又觉满身酸痛，不过我快乐，我得着了一个全静的夜。本来我就最爱清静的夜，静悄悄只有我一个人，只有滴答的钟声做我的良伴，让我爱做什么就做什么，不论坐着、睡着、看书，都是安静的。再无聊时耽着想想做不到的事情、得不着的快乐，只要能闭着眼像电影似的一幕幕在眼前飞过也是快乐的，至少也能得着片刻的安慰。昨晚想你，想你现在一定已经看得见西伯利亚的白雪了，不过你眼前虽有不容易看得到的美景，可你身旁没有了陪伴你的我，你一定也同我现在一般地感觉着寂寞，一般地心内叫着痛苦的吧！我从前常听人言生离死别是人生最难忍受的事情，我老是笑着说人痴情，谁知今天轮到了我身上，才知道人家的话不是虚的，全是从痛苦中得来的实言。我今天才身受着这种说不出、叫不明的痛苦，生离已经够受了，死别的味儿想必更不堪设想吧。

回家去陪娘去看病，在车中我又探了探她的口气，我说照这样的日子再往下过，我怕我的身体上要担受不起了。她倒反说我自寻烦恼，自找痛苦，好好的日子不过，一天到晚只是去模仿外国小说上的行为，讲爱情，说什么精神上痛苦不痛苦，那些无味的话有什么道理？本来她在四十多年前就生出来了，我才生了二十多年，二十年内的变化与进步是不可计算的，我们的思想当然不能符合了。在她们看来夫荣子贵是女子的莫大幸福，个人的喜、乐、哀、怒是不成问题的，所以也难怪她不能明了我的苦楚。本来人在幼年时灌进脑子里的知识与教育是永不会迁移的，何况是这种封建思想与礼教观念，更不容易使她忘记。所以从前多少女子，为了怕人骂，怕人背后批评，甘愿牺牲自己的快乐与身体，怨死闺中，要不然就是终身得了不死不活的病，呻吟到死。这一类的可怜女子，我敢说十个里面有九个是自己……她们可怜，至死还不明白是什么害了她们。

摩！我今天很运气能够遇着你，在我不认识你以前，我的思想，我的观念，也同她们一样，我也是一样没有勇气，一样地预备就此糊里糊涂地一天天往下过，不问什么快乐、什么痛苦，就此埋没了本性过一辈子完事的。自从见着你，我才像乌云里见了青天，我才知道自埋自身是不应该的，做人为什么不轰轰烈烈地做一番呢？我愿意从此跟你往高处飞，往明处走，永远再不自暴自弃了。

三月二十二日

陪我去看一场电影吧

丽玲—怡荪

愉快把我沉醉了，我醉倒在这浓郁的秋天里，我醉倒在我自己不可
支持的情感里，我可真在做梦哪！

怡荪先生：

如此不期然地相逢，真令人喜出望外！

星期日本无意郊游，但因为日来悒悒无欢，表姐瑜强邀
出游，母亲也要去野外看看秋天，便陪着她们到丽娃村去。
果然寥廓的碧空、明洁的秋水，将缠住心头的烦恼，漂洗净
尽了。

在夏天，那村子里游人如织，原是很繁华的，但我向来
就不喜欢往人群里去——这当然是我的孤僻——所以这一个
暑假，完全没有和丽娃村晤面；现在秋凉人散，已变成寂静
冷落之区了。我们来时，方喜一个游客都没有，让我们恣意
地欣赏一番，不料却遇着独游的你，这当然使我们加上一层

快活。我的表姐和母亲，都是很仰慕你的，你看出她们对你表示出来的愉快吗？

尽情地游了一个下午，如此秋光，总算有清福享受一回，满意而归了。

怡荪先生，你为什么独自出游？为什么不邀朋友出来呢？也许你是来这清幽的乡村里寻诗的吧？若然，则我们扰乱你的清韵了。谢谢你前信那样有力的鼓舞，现在，我已坦然。

愿秋风祝福你！

丽玲
九月十五日

丽玲小姐：

星期日相遇于丽娃村，真是做梦也不会想到。我因连日秋雨，颇觉困顿，便漫无目的地往郊外走，不料竟成奇遇，半日的郊游，不曾虚度此大好秋光，是何等的幸运！

人生一切的离合，原都是偶然的。有时候，千里神交，萍水相逢；有时候，咫尺天涯，失之交臂。记得我从前看过的桃乐丝第里亚主演的一张默片，叙述一对为民族独立而战的新婚夫妇，在婚礼中遭强暴军队的蹂躏而散失，从此蹀躞东西，各自飘零。虽然双方都不计年月地追寻，但茫茫大地，千山万水，哪里去找呢？有一次老天给他俩最好的机会，男的溯江而上，女的乘舟而下，应该是可以重聚的了，不料两舟相遇之际，恰好为江中一绿洲所阻。此唯一相见之机会一失，从此便怅望云天、永相乖离了，迄后四十年。这一双情侣虽仍然做最后的一晤于一病院中，然都已老病缠身、白发皓首了！由此看来，人生的悲欢离合，原不是自己能够主宰的，但少富于情感的有心人，抱定了宁为玉碎的决心，则命运之神也将莫如之何呢。

近来心情落寞，常寄情于电影以自遣，本星期六，大光明戏院将开映雷门诺伐罗及热女郎茂娜洛埃合演的《明月香衾》，是写尼罗河畔的绮艳风光，在最近的好莱坞出品中，要算一张最受观众欢迎的名片。我想邀你去看五时半的一场，若是能够得到你允许，则我无论在什么情形之下必在戏院的门前候人的，好吗？我尊贵的小姐。

祝你有一个快乐的秋天！

你忠实的朋友怡荪
九月十八日

怡荪先生：

我真不知道要怎样向你抱歉！不知道要如何在你面前忏悔！天，怯弱的我，竟自己造下这无可赦免的罪过了！

我向来是很能守约的，朋友们都很信任我，何况这是破题儿第一遭，答应我所崇仰的先生去看电影。星期六的上午，我便把自己一切应做的事情都安排妥帖了，专候约定的时间来临，谁知到了下午突然发生校际排球比赛的事情呢？这可真使我为难了，说不参加比赛，无论如何说不过去，因为我向来很热心运动的，而且是排球队的队长，能够悻然而去吗？若毅然参加比赛，如何对得起在影戏院守候我的你？我只好假借家里有事为理由，去向体育主任请假，但是，她不用思索便立刻拒绝我的请求，她并且责我应以忠勇之心爱护学校。完全不谅解我的表姐瑜，更擅自出来证明我家里绝没有必然的事，还有那体育狂的同学，更走拢来刻毒地说："也许丽玲有比一切都重要的事呢""也许是终身大事呢"。这样一唱一和的讥笑，我简直气得连话也说不出来了，我几乎要哭出来了。待哨声一鸣，强横的大众便不由分说，替我脱下旗袍，穿上运动衫，换了球鞋，拥我到运动场去了。我那时心里只在乱滚，哪里还有打球的兴趣？只看着时间一分一分地过去，一刻一刻地过去，我唯一希望是在五时以前能够完结，还能欣然趋赴先生的约。可是，我的命运真坏，遇着的对手，是蜚声海上的强华队，一直打了五盘才决胜负，结果虽是我们胜利了，但这于我有什么喜悦呢？时间已经六点半了，已经是暮色苍然了，我的心碎了！

怡荪先生，请求你原谅我这个无可奈何的过失，虽然我的身体在这里打球，可是我的心已经飞绕你的左右，在陪伴着你看电影呢。不知你是什么时候回去的。一定生气了吧！但望《明月香衾》是一个让你满意的片子，使你置心于剧情之中，忘却在等候一个朋友，则我之罪戾或可稍灭呢。

祝你好！

丽玲

九月二十三日

丽：

你能允许我这样坦直地称呼你吗？世间的礼节原是教人作伪的，我们应该破毁这壁垒。丽，虽然我们相见苦少，然相识已半年多了，由文字上的表白，也许双方心灵上的交通比形式上的认识还要亲切深刻，你承认吗？

称"先生"、称"小姐"只是一种表面的敬意，实则是"敬而远之"，施之于普通的客人，则这种敬意是必要的；至于我们，我敢确信不是泛泛之交了，我的心灵已经不容许我对你再做那样疏远地不忠实地表示了。

说起那天，我在大光明戏院候你，真是望穿秋水呢！在那杂乱的人群中，我也曾看见许多熟悉的友人，但没有你；我也曾看见许多束短裙的女学生，但没有你；我也曾见陆太太，以为你也许同她一路来，但举目一看，她所偕的是另几位女友，没有你；自四点半钟起，我留心一群群的女士走出去，直到戏散了，到最后的一个人走完为止，没有你，我才惘然地回去。后来我又恐怕你记错了时刻，也许你赶最后一次戏的约，于是我又把九点至十点的时间耗费在大光明的门口，如巡捕、如侦探般在那里守望。直至十时以后，看戏的来宾已绝迹，还看不到你的倩影时，我才掉在最后的失望里了。

"也许她忘记了吧？也许是生病了？也许是另有约会？也许是发生了意外的障碍？"我那一夜在呓语，在做梦，老是梦着你立在面前，但一醒转来，却又还在山边、水边、天边！

梁启超氏有言："唯最苦乃得最乐。"这话实是经验之谈，我正陷于苦闷无可分解之际，你的信来了。我读了你那婉曲缠绵的信，不仅不埋怨你、不忍责你，反觉不应该那天约你看戏，使你陷于进退维谷之境呢。现在，我的苦恼完全消失了，只要你的心是随着我在戏院，我一切都满足了。

丽，下星期日有时间让我俩到野外去漫游吗？有许多的话，都待着见面时倾诉呢，看电影也好，倘使你愿意的话。

祝福你！

怡荪
九月二十五日

怡荪：

我也能够这样草率地称呼你吗？

愉快把我沉醉了，我醉倒在这浓郁的秋天里，我醉倒在我自己不可支持的情感里，我可真在做梦哪！

昨日之游，成了我一生不可磨灭的纪念。虹口公园我去的次数本不少，我也曾在那里得到快活，至今始恍然，那都不能算数，只有伟大的昨日。我跟你在那里半日的踯躅，虽说园中的景物与往日无殊，虽说我俩也没有讲多少话，常默默无言，可是，我领会了人生的意义，我发现了我还有一个秘密的情感的宝藏，它将完全支配我的生的冲动和死的灵感。它给了我新的解放，也给了我新的束缚；它将给我以无量的幸福，也将使我陷于无底的深渊。呵，荪，我快慰了，同时也苦恼了。

我仿佛做了一个新人，走上了一条新路，把亲爱的妈妈和从未曾分离过的家庭，都丢在脑后了。我孤单地在唱着进行曲，一种不可捉摸的恐怖展衍在面前，不知道前路究竟是荆棘的险道，还是一望无垠的坦途。但是，却另有一种说不出是主吉还是主凶的力量在推动我，使我不顾险阻，向前面不可知之域去迈进。渺小的我呵，显然地在试探自己的命运了！

苏，我所信赖的智慧者，你将何以导引我至于光明之域呢？

你可怜的丽玲
九月二十九日

我的灵魂过于冒险了

晓绿—培鑫

你的信，是神钟的警告，是夜莺的启示。我在你这无限
诚恳与温柔中屈服了，你这样忠贞的节操、真挚的热情，
使我惊服，使我虔敬，使我热爱。

培鑫：

你可知道我在上课的时候偷着写信给你吗？教员的演讲
我简直当作耳边风了，不过，这位国文教师钱老先生也委实
有几分令人讨厌，他老是讲些什么五经、四书之类，谁高兴
听呢？这位三家村里出来的冬烘先生，上课时老是戴一副大
黑眼镜，对着讲台摇头摆尾地讲，口里吐出黄沫，说的是一
口地道无锡土话，其难懂直如佶屈聱牙的《尚书》。不说别的，
单说这副土头土脑的扮相，已经够我们笑倒了。近人的白话
文章，他从来没有看过，即鼎鼎大名的胡适，他也不知道是
谁呢。假如我们的文章，征引了几个外国的名人学者，如罗

素、杜威、马克思、萧伯纳之类，他必用红笔勾销，其唯一的绝妙理由便是"非我种族，一概排斥"。他对我们的训诫，除了"三从四德"，别无话说。你想，谁愿意去做这种朽木的信仰者呢？在他的课堂中，同学们不是看小说，便是写信、递纸条子、谈闲话。在我，平常倒是安心听讲的好学生，这次为了你变成例外了。培，我能让你空望我的信吗？我只好偷着在课堂里写了。这位老先生是绝对不会看见的，但我实在怕爱管闲事的同学看破了呢。所以提心吊胆，把信纸夹在作文簿里面敏捷地写，你瞧，我的字体是多么潦草而敧斜。

你提议到高桥去野游，我当然是同意的，但是，培，另定一个时间好吗？重阳节我要陪母亲到姑妈家里去参加一个小小的宴会呢。

祝你好啦！

晓绿
九月四日

培：

昨夜的狂欢，我不知是甜，是苦，是酸，是辣；是幸福的开端，抑或是悲剧的序幕。总之，我怪怨自己，小小的灵魂过于冒险了。

培，不是为着你，跳舞场我是轻易不去的，尤其是有舞女的跳舞场，我还是破题儿第一遭去观光呢。母亲向来对我很严紧的，从前连短裙都不许我穿，近年来才比较给予我自由。但是她常常训诫我："绿，你已经长得这么大了，我也管不了许多，可是，千万不要染上摩登女郎的习气呀。记着，永远记着，我们是来自田间的人呢。"其实我对于今之女明星、交际花，一向就没有好感，她们只把自己做成一块漂亮的商标，而失去内在的灵魂；只知道自己是一个女性，而忘却了她还应该是个人。这样拍卖自己，我是压根儿反对的。我对于跳舞，认为只可偶一为之，如果流连忘返，必然陷于"玩物丧志"。培，你是绝顶聪明的人，想不必我来申说吧。

从前二哥喜欢跳舞，我同表姐因为这是一种有节奏的轻巧的运动，跟着他学，但也仅在家里或到礼查、大华等不供应舞女的场所去跳。我最反对专养一班舞女来供男人们愉悦，因为现在正嫌倡妇女解放之不及，为什么还要造成一种使妇女堕落的新职业出来呢？所以这一类的买卖舞场我是从来不涉足的。

然而我为着你，培，因为我不忍拂你的意志，不愿意在你许多朋友的面前使你生不快之感，竟不顾自己的主张，跟着你们到大沪跳舞场去，在那纸醉金迷、红灯绿酒的安乐宫里，竟忘乎所以地跳到半夜。回到家里时，已经敲过了两点钟，母亲在梦里惊醒来，问我何以回得这样迟。慈祥的老人家虽毫无责备之意，然而我内疚了！

培，我愿你快活，愿你幸福，可不愿你耽于目前浅薄的逸乐，不愿你投身于放纵的色情生活。今之文人，好像是必须以浪漫来表示其特色，必须以颓废享乐来消磨他的生涯，这在艺术方面讲，也许另有意味。但是，培，我不愿意你如此，你不是曾投身革命几乎以身殉吗？现在，正是国难重重、民族危亡的时候，正希望你这样的热情之士来做拯救的艰苦工作呢。

昨夜的欢娱，我们把它当作一个梦，把它当作一个纪念，划开吧。从此，我们得开辟一条新路出来。

培呵，你知道我是怎样地热望于你？！

晓绿
十月十五日

绿，亲爱的：

你能够允许我这获罪的人如此称呼你吗？你的信，是神钟的警告，是夜莺的启示。我在你这无限诚恳与温柔中屈服了，你这样忠贞的节操、真挚的热情，使我惊服，使我虔敬，使我热爱。

绿，你可知道十年来的我，始终是一个人向着缥缈的前途爬？没有人教训我，没有人指导我，也没人鼓励我。我只记得小时候，母亲为我讲父亲在武昌殉难的故事，其为革命而就义之悲壮，至今还令我感愤无已。其次，就是刘叙五先生的仁侠博爱精神，影响我也不小。我自离开小学后，在他那里读了一年的书，这短短的一年使我获得研究学问的兴趣，使我获得很丰富的常识。尤其使我感化的，是受到刘先生崇高人格的熏陶，其价值实无穷。自从我所崇仰的这位父执去世以后，便失却导师了，我扪心自问：在如此丑恶的社会混了这许多时，还不曾做一件贻害人群的事，还不曾做一件丧心病狂的事，还得持着高洁无垢的人格，总算是差堪自慰的。

然而，近年来在上海，显然是消沉了，显然是堕落了。我对于跳舞，本无非此不可的嗜好，也不常涉足舞场，只是到了悲愤无以自解的时候，到了百无聊赖的时候，到了觉得一切都无可挽救的时候，才借此解愁，虽明知道并非根本解愁之道。绿，难道你以为我竟会自甘暴弃、迷醉于这浅薄的享乐吗？

那一夜的狂欢，在我是完全视为例外的，你应该知道，我为的是谁哪？为了在上海滩上漂泊无依的我，竟获得你这样一个温惠多情的知己，竟获得你这样一个才思清丽的密友，因此我不知不觉地愉快过分了，也可以说我简直是发狂了。绿，望你能原谅我吧，在你的掌握中，培是永远不会堕落，而且不会消极的呵！愿你挽着他，永远挽着他，向前，迈进！

你的培
十月二十三日

晓绿：

记得在圣诞节夜里的宴会席上，大家讲起近来许多情死的事件，都深致叹息。刘伯涛博士慨然地说："这种青年堕落的现象，绝非国家前途之福，老实说，放纵情欲，我是压根儿反对的。人生的道路很多，何必为狭隘的情感所陷溺，而徒自牺牲呢?"听了刘博士的话,在座的人大都是首肯的。后来你也叹了一口气说:"人生为什么要有情感呵!"那时只有我没有发言,因为我的见解和他们不甚相同,所以没有在那同乐性质的席上提出来商讨。现在,你允许我来向你发表"唯情观"吗?

情,实在是人类生命的一种动力,生命力越强,这动力也愈大,故人在少年旺盛之时,情感的要求也格外激烈狂热。但是,同时情也是人类的催命符,越是慧心人,越懂得用情,其生命便越短。大概在少年时代经过几回情海波澜的男女,纵使没有薄命而死,老起来也要快些。所以古人讲求养生之道,第一是要斩绝情欲,若进而讲求神仙之术,更非了悟"色即是空"之理不可。这样看,也可以说,情这个东西是与生命为仇的,它只有催人向老死之路走去,所以古谚有"天如有情天亦老"之叹!

但我们既不能如太上之忘情,又不能回到农夫野老之不及情,又不能如草木之无情,则为情之生活所累,亦在所难免。

我看,在情场中人似乎又是一个世界,不但不惜老,即死得恐怖,也是熟视无睹的。他们只求情之所安,无论什么圣人的誓言、救主的教义、社会的尊荣富贵、若祖若父的遗训,他们都丢在脑后去了,他们把人生视为莫大的恐惧的死,随意地踏上去了。

人生的道路固然很多,但"情"这一关不能不说是人生的要素之一,为了求心灵的安慰而死于情关之下的,我们实在不能说全无意义。这种牺牲,就社会的眼光说,固然没有可称述之点，但就其自己说，总算没有内愧于心了。

我这些话当然不是劝人自杀，但自杀总算是一种勇敢的举动。我更不敢劝人情死，但情死实在是一件令人悲歌之事。若说这种风气足以使士气消沉，影响国家前途，也不尽然。我们试以日本为例，他们国家情死之多，百倍于中国，而士气之盛，亦百倍于中国。因为情死必须以热烈的感情为出发点，凡是富于情感的人，消极的时候，固然容易趋于颓废自杀；积极的时候，亦可以做出许多惊人的事业来。如中国人里有许多"行尸走肉"和"槁木死灰"者，则虽长生百年，于国家社会有何裨益？

我说，做人的第一要义，是要先求忠于自己，然后求忠于社会。情死之人，虽无补于国家社会，至少可以说"忠于自己"。我们对于"忠于自己"的人，何必用功利主义者的眼光去抨击他呢？

这样的偏见，不知我亲爱的晓绿以为然否？

祝你甜美的梦！

你永远的培鑫
十一月二十七日

萑苇易折，磐石难动

沈从文—张兆和

我行过许多地方的桥，看过许多次数的云，喝过许多种类的酒，
却只爱过一个正当最好年龄的人。

××：

你们想一定很快要放假了。我要玖到 ×× 来看看你，我
说："玖，你去为我看看 ××，等于我自己见到了她。去时
高兴一点，因为哥哥是以见到 ×× 为幸福的。"不知道玖来
过没有？玖大约秋天要到北平女子大学学音乐，我预备秋天
到青岛去。这两个地方都不像上海，你们将来有机会时，很
可以到各处去看看。北平地方是非常好的，历史上保留下一
些有意义、极美丽的东西，物质生活极低，人极和平，春天
各处可放风筝，夏天多花，秋天有云，冬天刮风落雪，气候
使人严肃，同时也使人平静。×× 毕了业若还要读几年书，
倒是来北平读书好。

你的戏不知已演过了没有？北平倒好，许多大教授也演戏，还有从女大毕业的，到各处台上去唱昆曲，也不为人笑话。使戏子身份提高，北平是和上海稍稍不同的。

听说××到过你们学校演讲，不知说了些什么话。我是同她顶熟的一个人，我想她也一定同我初次上台差不多，除了红脸不会有再好的印象留给学生。这真是无办法的，我即或写了一百本书，把世界上一切人的言语都能写到文章上去，写得极其生动，也不会做一次体面的讲话。说话一定有什么天才，×××是大家明白的一个人，说话嗓子洪亮，使人倾倒，不管他说的是什么空话废话，天才还是存在的。

我给你那本书，《××》同《丈夫》都是我自己欢喜的，其中《丈夫》更保留到一个最好的记忆，因为那时我正在吴淞，因爱你到要发狂的情形下，一面给你写信，一面却在苦恼中写了这样一篇文章。我照例是这样子，做得出很傻的事，也写得出很多的文章，一面糊涂处到使别人生气，一面清明处，却似乎比平时更适宜于做我自己的事。××，这时我来同你说这个，是当一个故事说到的，希望你不要因此感到难受。这是过去的事情，这些过去的事，等于我们那些死亡了的最好的朋友，值得保留在记忆里，虽想到这些，使人也仍然十分惆怅，可是那已经成为过去了。这些随了岁月而消失的东西，都不能再在同样情形下再现了的，所以说，现在只有那一篇文章，代替我保留到一些生活的意义。这文章得到许多好评，我反而十分难过，任什么人皆不知道我为了什么原因写出一篇这样文章，使一些下等人皆以一个完美的人格出现。

我近日来看到过一篇文章，似乎说到下面的话："每人都有一种奴隶的德性，故世界上才有首领这东西出现，给人尊敬崇拜。因这奴隶的德性，为每一人不可少的东西，所以不崇拜首领的人，也总得选择一种机会低头到另一种事上去。"

××，我在你面前，这德性也显然存在的。为了尊敬你，我看轻了我自己一切事业。我先是不知道我为什么这样无用，所以还只想自己应当有用一点；到后看到那篇文章，才明白，这奴隶的德性，原来是先天的。我们若都相信崇拜首领是一种人类自然行为，便不会再觉得崇拜女子有什么稀奇难懂了。

你注意一下，不要让我这个话又伤害到你的心情，因为我不是在窘你做什么你所做不到的事情，我只在告诉你，一个爱你的人，如何不能忘你的理由。我希望说到这些时，我们都能够快乐一点，如同读一本书一样，仿佛与当前的你我都没有多少关系，却同时是一本很好的书。

我还要说，你那个奴隶，为了他自己，为了别人起见，也努力想脱离羁绊过。当然这事做不到，因为不是一件容易事情。为了使你感到窘迫，使你觉得负疚，我以为很不好。我曾做过可笑的努力，极力去同另外一些人要好，到别人崇拜我愿意做我的奴隶时，我才明白，我不是一个首领，用不着别的女人用奴隶的心来服侍我，却愿意自己做奴隶，献上自己的心，给我所爱的人。我说我很顽固地爱你，这种话到现在还不能用别的话来代替，就因为这是我的奴性。

××，我求你，以后许可我做我要做的事，凡是我要向你说什么时，你都能当我是一个比较愚蠢还并不讨厌的人，让我有一种机会，说出一些有奴性的卑屈的话，这点是你容易办到的。你莫想，每一次我说到"我爱你"时你就觉得受窘，你也不用说"我偏不爱你"，作为抗拒别人对你的倾心。

　　你那打算是小孩子的打算，事实上却毫无用处的。有些人对天成日成夜说："我赞美你，上帝！"有些人又成日成夜对人世的皇帝说："我赞美你，有权力的人！"你听到被称赞的"天"同"皇帝"，以及常常被称赞的日头同月亮、好的花、精致的艺术回答说"我偏不赞美你"的话没有？一切可称赞的、使人倾心的，都像天生就是这个世界的主人，他们管领一切，统治一切，都看得极其自然，毫不勉强。一个好人当然也就有权力使人倾倒，使人移易哀乐、变更性情，而自己却生存到一个高高的王座上，不必做任何声明。凡是能用自己各方面的美攫住别的人灵魂的，他就有无限威权处置这些东西，他可以永远沉默，日头，云，花，这些例举不胜举。除了一只莺，他被人崇拜处，原是他的歌曲，不应当哑口外，其余被称赞的，大都是沉默的。××，你并不是一只莺。一个皇帝，吃任何阔气东西他都觉得不够，总得臣子恭维，用恭维作为营养，他才适意，因为恭维不甚得体，所以他有时还发气骂人，让人充军、流血。××，你不会像皇帝。一个月亮可不是这样的，一个月亮不拘听到任何人赞美，不拘这赞美如何不得体、如何不恰当，它不拒绝这些从心中涌出的呼喊。××，你是我的月亮。你能听一个并不十分聪明的人，用各样声音、各样言语，向你说出各样的感想，而这感想却因为你的存在，如一个光明，照耀到我的生活里而起的，你不觉得这也是生存里一件有趣味的事吗？

　　"人生"原是一个宽泛的题目，但这上面说到的，也就是人生。

为帝王作颂的人，他用口舌"娱乐"到帝王，同时他也就"希望"到帝王。为月亮写诗的人，他从它照耀到身上的光明里，就已得到他所要的一切东西了。他是在感谢情形中而说话的，他感谢他能在某一时望到蓝天满月的一轮。××，我看你同月亮一样……是的，我感谢我的幸运，仍常常为忧愁扼着，常常有苦恼（我想到这个时，我不能说我写这个信时还快乐）。因为一年内我们可以看过无数次月亮，而且走到任何地方去，照到我们头上的，还是那个月亮。这个无私的月亮不单是各处皆照到，并且从我们很小到老还是同样照到的。至于你，"人事"的云翳却阻拦到我的眼睛，我不能常常看到我的月亮！一个白日带走了一点青春，日子虽不能毁坏我印象里你所给我的光明，却慢慢地使我不同了。"一个女子在诗人的诗中，永远不会老去，但诗人，他自己却老去了。"

我想到这些，我十分忧郁了。生命都是太脆薄的一种东西，并不比一株花更经得住年月风雨，用对自然倾心的眼反观人生，使我不能不觉得热情的可珍，而看重人与人凑巧的藤葛。

在同一人事上，第二次的凑巧是不会有的。我生平只看过一回满月。我也安慰自己过，我说："我行过许多地方的桥，看过许多次数的云，喝过许多种类的酒，却只爱过一个正当最好年龄的人。我应当为自己庆幸……"这样安慰到自己也还是毫无用处，为"人生的飘忽"这类感觉，我不能够忍受这件事来强作欢笑了。我的月亮就只在回忆里光明全圆，这悲哀，自然不是你用得着负疚的，因为并不是由于你爱不爱我。

仿佛有些方面是一个透明了人事的我，反而时时为这人生现象所苦，这无办法处，也是使我只想说明却反而窘了你的理由。

××，我希望这个信不是窘你的信。我把你当成我的神，敬重你，同时也要在一些方便上，诉说到即或是真神也很糊涂的心情，你高兴，你注意听一下；不高兴，不要那么注意吧。天下原有许多稀奇事情，我××××十年，都缺少能力解释到它，也不能用任何方法说明，譬如想到所爱的一个人的时候，血就流走得快了许多，全身就发热作寒；听到旁人提到这人的名字，就似乎又十分害怕，又十分快乐。究竟为什么原因，任何书上提到的都说不清楚，然而任何书上也总时常提到。"爱"解作一种病的名称，是一个法国心理学者的发明，那病的现象，大致就是上述所及的。

你是还没有害过这种病的人，所以你不知道它如何厉害。

有些人永远不害这种病，正如有些人永远不患麻疹伤寒，所以还不大相信伤寒病使人发狂的事情。××，你能不害这种病，同时不理解别人这种病，也真是一种幸福。因为这病是与童心成为仇敌的，我愿意你是一个小孩子，真不必明白这些事。不过你却可以明白另一个爱你而害着这难受的病的痛苦的人，在任何情形下，却总想不到是要窘你的。我现在，并且也没有什么痛苦了，我很安静，我似乎是为爱你而活着的，故只想怎么样好好地来生活。假使当真时间一晃就是十年，你那时或者还是眼前一样，或者已做了某某大学的一个教授，或者自己不再是小孩子，倒已成了许多小孩子的母亲，我们见到时，那真是有意思的事。任何一个作品上，以及任何一个世界名作作者的传记上，最动人的一章，总是那人与

人纠纷藤葛的一章。许多诗是专为这点热情的指使而写出的，

许多动人的诗，所写的就是这些事。我们能欣赏那些东西，为那些东西而感动，却照例轻视自己，以及别人因受自己所影响而发生传奇的行为，这个事好像不大公平。因为这个理由，天将不许你长是小孩子。"自然"使苹果由青而黄，也一定使你在适当的时间里，转成一个"大人"。××，到你觉得你已经不是小孩子，愿意做大人时，我倒极希望知道你那时在什么地方做些什么事，有些什么感想。"萑苇"是易折的，"磐石"是难动的，我的生命等于"萑苇"，爱你的心希望它能如"磐石"。

望到北平高空明蓝的天，使人只想下跪。你给我的影响恰如这天空，距离得那么远，我日里望着，晚上做梦，总梦到生着翅膀，向上飞举。向上飞去，便看到许多星子，都成为你的眼睛了。

××，莫生我的气，许我在梦里，用嘴吻你的脚，我的自卑处，是觉得如一个奴隶蹲到地下用嘴接近你的脚，也近于十分亵渎了你的。

我念到我自己所写到"'萑苇'是易折的，'磐石'是难动的"时候，我很悲哀。易折的萑苇，一生中，每当一次风吹过时，皆低下头去，然而风过后，便又重新立起了。只有你使它永远折伏，永远不再作立起的希望。

一九三一年六月

三三：

　　我原以为我是个受得了寂寞的人，现在方明白，自从我们在一起后，我就变成一个不能同你离开的人了。三三，想起你，我就忍受不了目前的一切。我想打东西，骂粗话，让冷气吹冻自己全身。我明白我同你离开越远反而越相近。但不成，我得同你在一起，这心才能安静，事也才能做好！

　　这船已到了柳林岔。我生平还是第一次看到这样好看的地方——千方积雪，高山皆作紫色，疏林绵延三四里，林中皆是人家的白屋顶。我的船便在这种景致中，快快地在水上跑，什么唐人宋人画都赶不上，看一年也不会厌倦。奇怪的是，本省的画家，从来不知向这么好的景物学习。学校中的教员还是用个小瓶插一朵花，放个橘子，在那里虐待学生"写生"，其实是在那里"写死"！

　　三三，我这时还是想起许多次得罪你的地方，我的眼睛是湿的，模糊了。我先前对你说过："你生了我的气时，我便特别知道我如何爱你。"我眼睛湿湿地想着你一切的过去！我回来时，我不会使你生气面壁了。我在船上学会了反省，认清楚了自己种种的错处。只有你，方那么懂我并且原谅我。

　　我就这样一面看水一面想你。我快乐，我想应同你一起快乐；我闷，就想你在我必可以不闷；我同船老板吃饭，我盼望你也在一起吃饭。我至少还得在船上过七个日子，还不把下行的日子计算在内。你说，这七个日子我怎么办？我不能写文章就写信。这只手既然离开了你，也只有这么来折磨它了。

为了只想同你说话，我便钻进被盖中去，闭着眼睛。你听，船那么"呀呀"地响着，它说："两个人尽管说笑，不必担心那掌舵人。他的职务在看水，他忙着。"船真的"呀呀"地响着。可是我如今同谁去说？我不高兴！

梦里来赶我吧，我的船是黄的。尽管从梦里赶来，沿了我所画的小镇一直向西走。我想和你一同坐在船里，从船口望那一点紫色的小山；我想让一个木筏使你惊讶，因为那木筏上面还种菜；我想要你来使我的手暖和一些。我相信你从这纸上可以听到一种摇橹人的歌声，因为这张纸差不多浸透了好听的歌声！

一切声音皆像冰一般地凝固了，只有船底的声音，轻轻地轻轻地流过去。这声音使你感觉到它，几乎不是耳朵而是想象。这时真静，这时心是透明的，想一切皆深入无间。我在温习你的一切。我称量我的幸运，且计算它，但这无法使我弄清一点点。为了这幸福的自觉，我叹息了。倘若你这时见到我，就会明白我如何温柔！

一切过去的种种，它的结局皆在把我推到你的身边和心边，你的一切过去也皆把我拉近你的身边和心边。我还要说的话不想让烛光听到，我将吹熄这支蜡烛，在暗中向空虚去说！

二哥

碧①：

　　这几天天气太好，太阳照人温暖如小春时分，天气好得简直叫人生气。夜来一片月色，照在西窗上清辉迷人。十二点，我起来给小弟弟吃一遍奶，吃完奶又把他身底下湿片换了。小东西像是懂得舒服似的，睁大了一双黑眼憨憨地笑，过后又把一只大拇指插进口中，呓呓唔唔入于半眠状态中了。小龙现在白天不睡，身上既不痒，晚间睡得沉熟，开灯轻易不会醒来；睡得红红的小脸，下部较你在时丰腴得多，头发三个月未剪，已过耳齐眉，闭着眼，蜷着身子，两只膀子总是放在被外边，身上放散着孩子特有的温香。我捏熄了灯，可是想到你白天来的两封挂号信，想这样，想那样，许久不能成寐。

　　这几天我想得可太多了。种种不容人只图眼前安逸，要把眼光放射得远一点。我觉得我们以前的生活方式是一种错误，太舒服了，不是中国人的境遇所许可的。一次战争，一回淘汰，一种实验，死的整千整万的死去，活着的却与灾难和厄运同在，你所说的"怎样才配活下去"，正是我想了又想的。我脑筋十分清晰，可是心难免有点乱。我不知道你此时是否在武昌，抑或已同那一群不同姓氏却同患难的亲友，经过若干风涛险滩，到了你故乡那个小乡城了。我觉得故乡虽好，却不能久待，暂时避难则可，欲图谋个人事业发展，故乡往往是最能陷人的。杨先生事情多，恐怕也不能隐身到内地去。若杨家姊弟无处可住，你把他们安插到辰州倒好。若小五弟能回家，顶好是让他同家里人在一起；家乡不能去，你就带着他跑吧。至于我这里，你可以完全放心，不论你走多远，我同孩子总贴着你极近。

前一礼拜挂号寄出孩子相片多张，不知你是否可以得到。希望你常常想念着我们。苏州家屋毁于炮火，正是千万人同遭命运，无话可说。我可惜的是爸爸祖传下的许多书籍，此后购置齐备是不可能了。至于我们的东西，衣物瓷器不足惜，有两件东西毁了是叫我非常难过的。一是大大的相片，一是婚前你给我的信札，包括第一封你亲手交给我的到住在北京公寓为止的全部，即所谓的情书也者。那些信是我俩生活最有意义的记载，也是将来数百年后人家研究你最好的史料，多美丽、多精彩、多凄凉、多丰富的情感生活记录，一下子全完了，全沦为灰烬！多么无可挽救的损失啊！我唯一的希望是大姊回乡时会收检一下我的东西，看是否有重要的应当带走，因而我们的信件由此得救，可是你来信却说大姊他们走时连衣物都未及带，我的东西当然更顾不到了。我现在的唯一希望是我们的房子能幸免于难，即或房子毁了，东西不至于全部烧毁，如有好事的窃贼，在破砖碎瓦中发现这些宝贝，马上保存起来，将来庶几可以同它们见面，我希望如此。为这些东西的毁去我非常难过，因为这是不可再得的，我们的青春、哀乐，统统在里面，不能第二次再来的！我懊悔前年不该无缘无故跑苏州那么一趟，当时以为可以带了它们到苏州避难，临回北方来时又以为苏州比北京安全，又不曾带来，又不曾交把大姊或一个别人，就只一包一包扎好放在那个大铁箱子里，铁箱既无锁匙留下，她们绝不会打开看看，真是命运！

杨家姊弟到底到了没有？我挂念得很！

83

你那边来的信件十有九被检查，此去信件不知也被检否？请你注意一下，我的信是否按次能收到？复我。

信得后，无论你在哪里，可写信请八姊寄一百元给你，因前天已付王正仪百元。如已得，就不必提了。

祝安好。

叔文②

（一九三七年）十二月十四日晨一时三十五分

② 张兆和的笔名。

我们结婚吧

和轩—妍巧

我的妻：从今天以后，我便可以这样称呼你了，多久多久以前我便梦想有一天能这样地叫你一声，而现在居然将我的梦想实现了。

小妍，我的天使：

为了期望你的一信，日望一日，我已经望遍南天的云，望穿秋水了。把日期算了又算，你接到我的信至少已有一个月，何以消息渺然呢？难道是信给绿衣人送掉了吗？难道是学校的功课忙吗？难道是病了吗？我想了又想，无论如何想不出一个必然没有回信的理由出来。沉沉至今，仍然得不到你的回信时，真使我凄然地掉入苦恼的深渊了。

妍，你说，世界上还有什么比期待不到的期望更苦恼，还有什么比莫名其所以然的失望更怅惘的呢？

假如我有什么对不起你的地方，或是有什么不应该的地方，任你怨我、骂我、打我，我都能忍受，都愿任你之所愿为，只是你千万不要不管我，不要不理我。

旬日以来，尤其是最近几天，简直无时无刻不陷于纷扰里面。你的信，已经成为我的食粮了，经过这许多时没有收到你的信，还能不恐慌、不饥饿吗？亲爱的妍哟，救救你可怜的轩吧。如果你竟这样不接济食粮，再过几日，只有索我于枯鱼之市、饿殍之途了。

你的和轩
四月九日

轩哥：

宇宙无常，人事易变，算来我们的诀别已整整的半年了。犹忆去年年底热情的狂欢之夜，大家都以为"此乐不常有"。不料果然，在快乐的背后潜伏着的是悲哀，在欢聚背后潜伏着的是别离，我竟在年终的那一天随侍家父匆匆地回到岭南的故乡去了。此次回乡，虽然事出仓促，但发动则已很久。最大的原因，是家父离粤已经三十年，到处奔走，已感仆仆风尘的厌倦；现已届暮年，思乡之情尤切。他的儿女均生长异乡，未尝一履故居之土，尤其引为恨事。月前家父在北平忽患脑病，北地苦寒，不宜养摄，乃遵医生的劝告，南往港中小休，兼省亲故。我与舍弟宝璜，临时受命随行，家母力阻不获，遂于一切都无准备的匆忙中，在除夕的晚餐后，乘小轮到吴淞口外踏上了南航故乡的邮船。轩，这不期然而然的离别，竟使我不及通知你，没有一个握别的机会，直至邮船已经航入了南海的时候，我还遥望着黄浦滩头的云在惆怅呢！

回乡以后，我本是无疑地要写信向你陈诉一切的，不料在这时候，霹雳一声，我的切身问题发生了。说起来，原是一段不堪重提的旧事。当我还是五六岁时，我的姑母曾在家父面前提起我的婚事，要把我许配给她的儿子——比我大两岁的表哥。那时家父以双方均属年幼无知，未即应许。现在姑母旧事重提，家父亦以表哥"人颇忠实，无时下少年虚浮习气"，毫不迟疑地给予了她最满意的回答。为了这件伤心的事，我用了自己的全部生命反抗、挣扎；我含着眼泪，怀着悲苦，用最决绝的态度来蹂躏家父慈祥之心。向来是意志坚决的父亲，究竟是老了，经不起他爱女的婉转啼哭，经不起他爱女的柔情苦求；同时，家母南返之后，也不愿意我嫁给一个医生，家父才无可奈何地取消这协议，赦免我的死刑。

轩，当这严重得可怕的问题发生时，我以为此生绝无光明之望，只有被迫走向死路去了。我不愿让我的苦恼带给你难过，所以这几个月以眼泪洗面的生活，我绝不曾告诉过你，连片纸只字都没有过。我只预备在死之前夕写一封最后的信告诉你。而今，意想不到的幸运，我竟得上帝的佑护，由向来独断的、威严的父亲手里，给予了我的自由。虽说我们的前途是否从此不遇到荆棘尚未可知，但目前总算是无碍的坦途了。

轩，我现在应该含着眼泪微笑地告诉你："我们仍旧紧牵着朝前上吧。"至于你给我的几封哀人欲绝的信，我不忍再读，也不忍再说了。

最后，遥祝你千里平安！

你的妍巧
六月十二日于香港

妍妹：

冬天死寂地消逝了，春天也梦寐地飞扬了，以为从此消沉永世，枯杨无复生花之日，忽然华翰飞来，几令人疑为幻境。妍，我把你的信看了又看，在微笑中掉下眼泪来了。

年前的欢娱，犹在目前，想不到你竟匆匆南行万里，辗转于婚事桎梏之下。今已解脱，总算是值得欣慰的事。我说，人生道上，险恶的风波自不可免，但要能不为万丈狂涛卷括以去，而能在惊涛骇浪中挣扎起来，自己闯出一条康庄大道出来。关于婚姻问题的见解，父母与儿女，十之九是站在对抗的立场上的。不仅现在所谓思想过渡时代如此，恐怕将来亦复如此。因为父母过于爱护儿女，总希望儿女的一切都如自己的意，却忘了自己的如意，不一定是儿女的如意，许多恶劣的婚事都是由这种乱命造成的。世间许多儿女，都误解绝对地服从为"孝"，殊不知，违反自己的心志，做无理的服从，实在是不孝。因此，我对于你的毅然决然抗议家庭的乱命，表示无限的敬意。

妍，只要我们相爱，便是一切了，即使天崩地裂，也无所怕，还怕什么阻力？自隔绝之后，已久不用笔墨，现在重新把笔作书给你，真令我欢愉与辛酸交迸，不知从哪一句话说起。妍，一切都在心意中，祝你珍重吧！

你的轩
六月二十日

轩哥：

你猜猜，你想想，你爱的妍妹此刻在哪儿？你一定以为她还在远远的香港吧。不，不，她已追随你的踪迹，回到春申江畔来了。这不是天上飞来的喜悦吗？

虽然离别不到一年，心理上的别离仿佛十年还不止呢！当"亚细亚皇后"船开进吴淞口的时候，烟雾迷蒙的上海又开展在我的面前，风景不殊，而人事不知变了多少，真令人悲喜交集！我心里低低地喊着："轩，你的妍回来了呢！"

这一回能够重返上海，固然是由于自己的坚决要求，同时也已得着父亲善意的允许。离别之前夕，他老人家慈祥地抚着我说："孩子，你已经长成了，让你自由吧，一切都让你去自主，但望你永远向着光明走。"于是，我便跟着母亲，含着眼泪，匆匆地离开了故乡。

轩，我们现寓愚园路颖园，虽然家里一切的布置均未就绪，但渴望着你来，母亲也盼望和你谈谈。此刻万千心事，都无从写起，让晤面时细叙吧。

来呀，全屋子都在欢迎你这位贵宾的莅临呢！

你的妍

九月十五日

心爱的：

昨天真是我们恋爱过程中最值得纪念的一天，那幽凉的月色，似乎使我们很清醒地回溯过去；那壮丽的虫鸣，似乎在歌颂我们的未来。妍，至爱的，你是美丽之神。当我紧靠你身旁时，一种满足骄傲的心情，几至使我发狂了。许多人在羡慕我们，在嫉妒我们，然而我们自己的脚跟却立得很稳，什么阻难我们都逃过了，什么难险我们都不怕，难道我们不该受人欣羡么？

我近来常和朋友们谈起你，他们都是爱我的，而且是忠于我的，他们都劝我们能早有结婚的一天。妍，就把我们的心愿赶紧完成了吧。我已是任何时候都不能离开你了，一离开你，什么都觉得空虚；有你在我的身旁，我对于一切都觉得满意，有兴趣。我们的互助，能够使我们对于国家、社会有点贡献呢。妍巧，你一定要说我这是饰词了，结婚还不是女子的损失吗？不错的，结婚是女子的损失，不过结婚也自有它的代价在呵！至爱的妍巧，为了精神的慰藉，为了事业的创造，就答应了吧，上帝既千方百计将我们两个人扯拢了来，我们能够不听从他的吩咐吗？

明天我打算用一天专等你的回信，妍呵！我愿你今天晚上能在梦中给我一些消息，我的心现在是何等地跳动呵，至爱的，容我在这时候抱吻你。

你至爱的和轩
十月十日

轩，我的人：

我读到你的信，便有两种感情在苦着我，几次走到桌旁坐下想写回信，可是老不能下笔。轩呵！你为什么要提出这样困难的问题来窘我呢？本来我们无论是哪一点上都具备了结婚的条件的，我已经发过誓，虽海枯石烂，我仍是爱你的，你为什么定要我在名义上做你的妻子呢？想到这里，我真有点怀疑你不怀好念头呵！然而再一想，你这种思想也是可以原谅的。我们到底是一个人，无论如何总不能做到超人的地步，一切似乎是安排好了的。轩呵，我为这问题考虑得流泪了，我并不是不爱你，也并不怕你我结婚后将有什么悲剧，我怕的是未来的那一幕将使我生活形式巨变的戏呵！你想，那里不是有一个牢笼在等着吗？而且过去的每一个人不是都在哭笑不得地警告着我们吗？

呵！至爱的人，我求你，我求你，你不要这样想吧，我怕呢。

我正在一个人独自出神的时候，母亲进来了，她只看了我一眼，便像将我心事全都猜到了似的。自然，我的脸也免不了红晕，我生怕她问我，假如她问我，那我一定会将你的信读给她听的。轩呵！我平常是最相信我的母亲的，而且是最爱她的，可是到了这时候，我不知道怎地好像有些和她生疏了似的。

她开口了，她一开口便问到你，说你今天为什么没有来？天呀，你叫我拿什么话来回答她呢？我只有不做声。这时候她走到我的身旁了，那异常柔和的声调又在我耳边颤动了。她最初说到你的为人，自然少不了夸奖你到绝顶；随着又说了她自己过去为了我所吃的苦，最后她便申说她个人对于我们的愿望了。轩，好人，你先猜猜看，这愿望到底是一回什么事？

我虽然没有做声，有时甚至对她恨恨地望了几眼，可是我的心里却非常地舒适呢。我很希望你能来，来吧，我的人，看到信马上就来吧，这里已经为你准备了无穷的喜悦呢。

你心上的人
十月十二日

我的妻：

从今天以后，我便可以这样称呼你了，多久多久以前我便梦想有一天能这样地叫你一声，而现在居然将我的梦想实现了。我的妻，我娇小的爱妻，不久你便会飞到我的身边来，而且永远地伴着我的。想到将来，妍，你快乐么？我真快要发狂了，这是人生的一个奇迹，除了一些例外，没有一个不去探险的，虽然有些人不快乐着回来，但我相信我们是绝不会如此的。妍，你不要怕，我看你刚才谈到这个问题的时候，那种恐惧、怀疑的情绪，何等地使我心里不安呵！妍，不要怕，幸福是安排得好好儿的，只要我们去寻求，我相信我能尽我整个的力，为求你的快乐。

你真是美，妍，我没有看过比你更美的女人。写这信的时候，我的唇上还感到你接吻的余味呢。多么可爱的小嘴唇呵！我恨日子过得太慢，我恨不得将你永远地抱在怀里，一刻也不分开。

你的母亲，不，从今天起，我该称她为慈祥的丈母娘了。她多么会体贴我们，她多么爱护我们。妍，我每一接触到她那慈和的目光，我遍身都觉得轻了似的，这是何等伟大的力量！

尤其值得欣慰的，就是你母亲居然答应我们参加集体结婚。在此旧习未除、人事日繁、社会凋枯的时候，无论就精神、时间、经济哪一方面说，集体结婚都是应该倡导的。你母亲以旧式的头脑，竟不迟疑地允许我们去参加，不是爱我们之至而何？

给你一百个吻。

永远是你的轩
十月十八日

请你发点慈悲

邵荃—曼青

我们素昧平生，你凭什么资格和我通信？可笑你还怪我不该不赴你的约、不给你片纸只字，我是个束身自好的女子，你把我当什么人看待，我会来赴陌生男性的约吗？

〰〰

曼青女士：

我这信写得很冒昧，因为彼此并未曾通姓名，更不知各人的身家职业。但是自从前天我在荣升公司里面看见了女士以后，我的神经陡然一怔，仿佛置身于天上，如在梦里，我便不知畏惧地向前来和女士攀谈。女士看见了一个陌生的男子贸然前来，自然惊惶极了，秋波一凝，调头而去，哪里还晓得我依依不舍地跟在女士后面，一直把你送到府上？待要上前去通个姓名，又恐怕府上有人出来，拿我当歹人，所以只得怅怅而还。然而我的魂魄已被女士这如花的美貌和那光风霁月的神态摄去了，几日来神思恍惚，坐卧不安，废寝忘食，想和女士见上一面，表达我的倾慕的心思。不过"侯门似海"，无路可通，辗转寻觅，只得恳求府上娘姨朱妈代呈寸笺，聊通殷勤。

我在 FE 大学读书，我的父亲是 DH 洋行买办，家中虽然不富豪，却也有得吃、有得穿，一月也有两三千银子进款。但我倒不想享这个福，志在自己求一点学问，创出一点事业来，自己挣来的自己享受，才算本领，才不惭愧！女士！

我是个有志气的男子，绝不是撒烂污的人。请你放心！明天正是星期六，下午八时务请女士到新世界对面 MS 咖啡馆一叙，我当先在那儿敬候。千万勿却。

邵荃拜启

曼青女士：

前天写了一封冒昧的信给女士，是托府上的朱妈转呈的，据朱妈说，女士已经收到了。但是昨天我在那儿候到夜里十点钟，女士竟不肯赏脸惠顾，我这一片钦迟爱慕的心儿，无法对女士倾诉出来，真是我一生的大不幸！

我自从见了女士之后，已入病的状态，若女士终不肯给我一个机会，使我得一度接近芳容，恐怕此身便要不久人世了！虽然，我死了做鬼，也要做女士的一个暗中呵护的小使！女士！我是一只最驯服的小山羊，假使我能做了女士的知己，一定可以听从你的命令：要到跳舞场，就陪你到跳舞场；要到影剧院，就陪你到影剧院；喜欢穿什么、吃什么、用什么，只要力所能至，无不给你办到。这自然是后话，说到这里，女士或许笑我唐突，要知道这也是我爱慕女士的心使我不能不说的。

曼青女士！务请你怜惜我一下，于明日下午七时到 MS 九号房间一谈，若女士以为那里不好，到了那儿再换地方也可以。

祝你健康。

邵荃拜启

可敬可爱的曼青女士：

我一连写了几封信给你，通我的殷勤，女士不但不赴约，连片纸只字都不赏我，真是"惜墨如金"，真是"守身如玉"，格外令我十二分佩服！我晓得女士早上八点钟从府上上学校，下午四点钟从学校回府，我自从上星期一起，没有哪一天早上不是把女士从府上送到学校，没有哪一天不是把女士从学校送回府。女士自然没有注意到我，或是注意到我，也不屑我这一个陌生人。而且我晓得女士是长于英文的，我这里给女士买了一些英文书籍，想给女士送来，又怕女士不赏脸。可敬可爱的女士！你发一点慈悲吧！如有赐复，请仍交府上娘姨朱妈代收，自可收到。

祝你幸福！

邵荃拜启

邵荃先生：

你托我们的娘姨朱妈送来的几封信都收到了，我真想不到世上会有像你这种嬉皮笑脸的人，不知羞耻为何物。试问，我们素昧平生，你凭什么资格和我通信？可笑你还怪我不该不赴你的约、不给你片纸只字，我是个束身自好的女子，你把我当什么人看待，我会来赴陌生男性的约吗？本来对你的信我都可置之不理，不过为了避免你的继续缠扰起见，不得不写一封信来打断你的妄想。以后请你不要再写信来，我家家规素严，实在有碍我的名声。朱妈因为给你带信，已被我们解雇了，我劝你还是趁早打断你的痴心吧。

曼青

醒来觉得甚是爱你

朱生豪—宋清如

我心里很苦，很抑郁，很气而又不知要气谁，很委屈而不知委屈从何而来。很寂寞，生活的孤独并非寂寞，而灵魂的孤独无助才是寂寞。

清如：

今天心里有点飘飘然。原因是：一、昨天头痛一天，今天好了；二、天很暖；三、今天星期日，还要工作，虽不开心，然而机器不响，心很静，比在家或走在马路上好一些；四、已定来杭州看你。

后天回家去，十六从嘉兴搭快车一点廿分到闸口，你能来接我最快活。十七星期六，十八星期日，你得陪我玩，不，领我玩。多少高兴，想着终于能看见你，顶好的好人！当我上次得到你的信，一眼看见"不许哭"三字，眼泪就禁不住滚下来了，我多爱你！

心里的意思，怎样也诉说不完，也诉说不出，因此而想起音乐是最进化的语言：一切"散文的"语言文字是第一级，诗是第二级，音乐是最高级，完全依凭感觉，脱离意象而独立了。凡越朦胧则越真切。我梦想一个音乐的天国，里面的人全忘了讲话与写字。这是野话。我知道你顶明白我，但还巴不得把心的第一个角落给你看才痛快。我为无可奈何而心痛，欲抱着你哭。

愿上帝祝福你的灵魂是一朵不谢的、美丽的花！我能想着你，梦着你，神魂依恋着你，我是幸福的。

朱
十一日下午

清如：

我知道你不爱见我，但不曾想到你要逃避我，我只是你一个平常的朋友，没有要使你不安或怅惘的理由。见一见你，我认为或者是尚可容许的我仅余的权利，当然我也辨不出是悲是喜，但我总不能抑制着不来看你，即使自己也知道是多事。倘使我是必须被剥夺去一切人生的乐趣、永远在沙漠中的命运，必须永远不再看见一面亲爱的人，那么我等候你的吩咐，我希望那不会使你感到不安。

我不要休息，也不能休息。有钱的人，休息的意义是享福，可以把身体养得胖些；对于我们这种准无产阶级者，休息的意义是受难，也许是挨饿。我相信我更需要的是一些鼓舞，一点给人勇气的希望。我太缺少一切少年人应该有的热情。

在你母亲的身旁，不要想到我，我不要损害你神圣的快乐。

为你祝福。

朱

（一九三四年）一月十九日

清如：

气好了吧？即使不是向我生气，我也很怕。什么委屈大概你不肯向我说。虽我很愿知道。我心里很苦，很抑郁，很气而又不知要气谁，很委屈而不知委屈从何而来。很寂寞，生活的孤独并非寂寞，而灵魂的孤独无助才是寂寞。我很懂得寂寞之来，有时会因与最好的朋友相对而加甚。实际人与朋友之间，即使最知己的，也隔有甚远的途程，最多只能如日月之相望，而要走到月亮里去总不可能。所以一切的友谊都是徒劳的，至多只能与人由感觉所生的相当的安慰，远非实际的。所谓爱尽是对影子的追求，而根本并无此物。人间的荒漠是具有必然性的，只有苦于感情的人才不能不怀憧憬而生存。

愿你快乐，虽我的祝福也许是无力而无用的。

汝友

宋清如[1]：

醒来觉得甚是爱你。

这两天我很快活，而且骄傲。

你这人，有点太不可怕。尤其是，一点也不莫名其妙。

不要愁老之将至，你老了一定很可爱。而且，假如你老了十岁，我当然也同样老了十岁，世界也老了十岁，上帝也老了十岁，一切都是一样。

回答我几个问题：

1. 我与小猫哪个好？

2. 我与宋清如哪个好？

3. 我与一切哪个好？

如果你回答我比小猫比宋清如比一切好，那么我以后将不写信给你。

我爱你也许并不为什么理由，虽然可以有理由，例如你聪明、你纯洁、你可爱、你是好人等，但主要的原因大概是你全然适合我的趣味。因此你仍知道我是自私的，故不用感激我。

我愿意懂得"永恒"两字的意义，把悲壮的意义放入平凡的生活里，而做一个虔诚的人。因我是厌了易变的世事，也厌了易变的自己的心情。

我一天一天明白你的平凡，同时却一天一天愈更深切地爱你。你如同照镜子，你不会看得见你特别好的所在，但你如走进我的心里来时，你一定能知道自己是怎样好法……

以前我最大的野心，便是成为你的好朋友；现在我的野心，便是希望这样的友谊能持续到死时。谢谢你给我一个等待。做人最好常在等待中，须是一个辽远的期望，不给你到达最后的终点。但是一天比一天更接近这目标，永远是渴望。不实现，也不摧毁。每发现新的欢喜，是鼓舞，而不是完全的满足，顶好是一切希望化为事实，在生命终了的一秒钟。

你不懂写信的艺术，像"请你莫怪我，我不肯嫁你"这种句子，怎么可以放在信的开头地方呢？你试想一想，要是我这信偶尔被别人在旁边偷看见了，开头第一句便是这样的话，我要不要难为情？理该是放在中段才是。否则把下面"今天天气真好，春花又将悄悄地红起来"二句搬在头上做帽子，也很好。"今天天气真好，春花又将悄悄地红起来，我没有什么意见"这样的句法，一点意味都没有；但如果说"今天天气真好，春花又将悄悄地红起来，请你莫怪我，我不肯嫁你"，那就是绝妙好辞了。如果你缺少这种 poetical instinct②，至少也得把称呼上的"朱先生"三字改作"好友"，或者肉麻一点就用"孩子"；你瞧，"朱先生，请你莫怪我，我不肯嫁你"这样的话多么刺耳；"好友，请你莫怪我，我不肯嫁你"，就给人一个好像含有不得不苦衷的印象了，虽然本身的意义实无二致；问题并不在"朱先生"或"好友"的称呼上，而是"请你莫怪我……"五个字，根本可以表示无情的拒绝和委婉的推辞两种意味。你该多读读《左传》。

我们都是世上多余的人，但至少我们对于彼此都是世界最重要的人。

我想作诗，写雨，写夜的相思，写你，写不出。

我想要在茅亭里看雨、假山边看蚂蚁，看蝴蝶恋爱，看蜘蛛结网，看水，看船，看云，看瀑布，看宋清如甜甜地睡觉。

我找到了你，便像是找到了我真的自己。如果没有你，即使我爱了一百个人，或有一百个人爱我，我的灵魂也仍将永远彷徨着。你是 unique ③ 的。我将永远永远多么多么地欢喜你。

凡未认识你以前的事，我都愿意把它们编入古代史里去。你在古时候一定是很笨很不可爱的，这我很能相信，因为否则我将伤心不能和你早些认识。我在古时候有时聪明有时笨，在第十世纪以前我很聪明，十世纪以后笨了起来，十七八世纪以后又比较聪明些，到了现代又变笨了。

我有没有告诉过你，有一次我梦见宋清如，她开始是向我笑，笑个不住，后来笑得变成了一副哭脸，最后把眉毛眼睛鼻子嘴巴都笑得变动了位置，最后的最后面孔都笑得模糊了，其次的最后脸孔上只有些楔形文字，这是我平生所看见的最伟大的笑。我真爱宋清如。

我愿意舍弃一切，以想念你终此一生。

酒面扑春风，泪眼零秋雨，过了别离时，还解相思否。

你总有一天会看我不起，因为我实在毫无希望，就是胡思乱想的本领，也比从前差多了。

我不很快乐，因为你不很爱我。但所谓不很快乐者，并不等于不快乐，正如不很爱我不等于不爱我一样。

③ 独一无二。

每天每天你让别人看见你，我却看不见你，这是全然没有理由的。

总之你是非常好非常好的，我活了二十多岁，对于人生的探讨的结果，就只有这一句结论，其他的一切都否定了。当然我爱你。

只有你好像和所有的人完全不同，也许你不会知道，我和你在一起时较之和别人在一起时要活泼得多。与举世绝缘的我，只有你能在我身上引起感应。

好像是你，又好像是别人，把一些专职的女巫带到了我这里。像说胡话一般，我反复地念叨着两个字："我"和"你"。

我宽宥你过于皇上的大赦，当你娇嗔过分等等时，我宽宥你像重复追问之人的不明白。——我对你的态度。

如果我想要做一个梦，世界是一片大的草原，山在远处，青天在顶上，溪流在足下，鸟声在树上，如睡眠的静谧，没有一个人，只有你我，在一起跳着、飞着、躲着捉迷藏，你允不允许？因为你不允许我做的梦，我不敢做的。我不是诗人，否则一定要做一些可爱的梦，为着你的缘故。我不能写一首世间最美的抒情诗给你，这将是我终生抱憾的事。我多么愿意自己是个诗人，只是为了你的缘故。

今天宋清如仍旧不给信我，我很怨，但是不想骂她，因为没有骂她的理由。今天中午气得吃了三碗，肚子胀得很，放了工还要去狠狠吃东西，谁教宋清如不给信我。

写一封信在你不过是绞去十分之一点的脑汁，用去两滴眼泪那么多的墨水，一张白白的信纸，一个和你走起路来的姿势一样方方正正的信封，费了五分钟那么宝贵的时间，贴上五分大洋吾党总理的邮票，可是却免得我食不甘味，寝不安席，无心工作，悲观厌世，一会儿恨你，一会儿体谅你，一会儿发誓不再爱你，一会儿发誓无论你怎样待我不好，我总死心眼儿爱你，一会儿在想象里把你打了一顿，一会儿在想象里让你把我打了一顿，十足地神经错乱，肉麻而且可笑。你瞧，你何必一定要我发傻劲呢？就是你要证明你自己的不好，也有别的方法，何必不写信？因此，一、二、三，快写吧。

朱生豪

我对你的爱是天真的

白薇—杨骚

爱弟，我非爱你不可，非和你往来不可。你要尊重我的无邪气，不要把我无邪气的可爱的灵魂杀死！不要认为我的爱单单是男女间的恋情。晓得吗？

꧁꧂

维弟：

来信辨不出是"当当"唤醒阴魂登场的警钟，还是有人在叫我的优美肉音。醒来把珍珠似的文句再看、再三看，却像我自己遗在花间、草间的血痕。

维弟呀，是你！我和你有一层世界的隔离，何以同时撒出珍珠粒粒？你不过是有时候像从荒冢里爬出的幽灵，荒冢乃是我永远安息的土地。我不知到了这里有多久，也懒问现今是何年何日。把轰轰烈烈美丑竞争的人世间，忘却不剩一滴。统计我过去的生涯，没有一文价值。你为谁记起我来？我哪点值得你来欢喜？你怕是弄错了吧？你不是做梦吧？我和你有生死的区别。

　　只是呵，维弟！我还不曾见过你，心里便喜欢笑默默地，常常想，想你好像能和我做朋友，而且会是一种天使的交际。

　　初春，我还没有被大病危害之前，我以你的材料，拟了一幕"雪夜里的哀声"的剧。本想作成寄你，虽不知道你的名字，也不怕你笑死。

　　今早我正要坐在翠绿的群峰下做画家荒川女史的 model①的时光，忽然接你那么一封信，唤醒了我的迷灵。真的梦呢？心脏跳跃跃地总在怀疑。我喜欢你，我真是喜欢你，敬爱的维弟。我孤哀哀地凝结在冰冢中，有时候也还将万恶的人世记起。因为那装满浊物的人世间，还有个拳拳系念的 P. 弟。维弟，你记起我么？我也碰着了人间的呼吸！你想把我拉到人间来大家喜欢做朋友么？感谢你！只是我全身的机关，都被病魂毁坏了；我玫瑰般红艳艳的热血，全被凶涛冲散了；我没有立得起的力量了。你眼前摆个残疾的朋友，不疑是坟墓里的红发鬼么？

　　维弟，你就总不给我一个字，我心里也深深地刻着你是我"很要好的一个朋友"那一件事。

薇

灯下

维弟：

　　接你第二封信，似乎要回信，说破你的悲哀；似乎不必回信，恐怕增你的烦感。总之，我不想回信，等到九月回京也不想写信，而且无论到何时都不想写信，可以说，是我再不想给你写信。

"啊，残酷！残酷！悲惨啊！"你不又是要一只眼睛一条泪丝这么样叹息么？天为凡俗人纳污垢，创造蔚蓝的脏水海；天为感情家集幽芳，创造澄碧的泪泉川。海水不深，沉不尽无量数的热闹丑恶；流川不深，浮不起明星寥落的艺术。你有多少碧莹莹的玉髓？你有多少鲜丽丽的珠精？流吧！流吧！你爱流尽管流呀！流到最终的那一滴，始与泪天沉默着的先辈聚集。

啊，嫩绿绿的青年！你也爱了涅么？你也喜欢无爱憎无欢乐么？你忍看泪水滴滴流尽，为的追求爱之光明？你怎甘与醉迷迷的春光割爱？你怎舍得丢了光怪陆离的世界，来过这冷寂的生涯？美之追求的宇宙迷儿哟！你想这是美之所归？这里原是绝灭境界。芳艳到此寂然，满目只剩墓天，无爱无憎无悲亦无欢，所谓是涅。等你来到沉寂的泪天会面时，先辈会这么询问你，我也会这么询问你，因为我也是你先辈中的一人哩。

维弟，你还爱一息之生机，泪是不可多流的。哀伤是破坏美的枪弹，哀伤是引人认识涅的妙谛。敬爱的维弟！你看到我这信，你该知我不仅是丧失了傀然一身，连悲哀也一片不残存。我常常自己发问，不知道我是鬼还是人，又觉得我多少有些佛性，悲伤是一片也不残存。你殷勤劝我的话，是不是多劳了神？

当我被悲哀左右死生的时候，中国书只有一部《楚辞》，能慰慰楚楚凄凄的心；当我沉沉寂寥的时候，听人家渐渐的流泪声也能警醒亡灵。总之，我为你弄得不安了，不得不回你这一个信。维弟哟，假定我是人，我们有丝丝相结的精神，要交际就交际，何须求呢？何况我本爱你，我久已是无邪气地爱你，我只愿你一件：愿你像 P. 和 T. 他们一般！随便交游，随便往还，爱的时候恨不得抱成一块儿，吵的时候也不妨闹得破天。不必定个什么目标，更不必做条死呆呆的界线。想会面可以常常相见，不高兴的时候永远不必再相见。望你不要想得太长，也不必想得太短，横竖人生仿佛浪花，全靠积一瞬间一瞬间的虚幻。

　　轻井泽是避暑的天国，它的美处想等你来描写。你和 T.、P. 他们来吧！我很盼望。T.、P. 他们或者困难，你应该不困难。你一个人不能来么？你丢不了你们的新乐园么？这里还有许多空间，景色之美丽幽玄，不由得你不疑此土是仙境而你是神仙。你来！我们同游奇山，去洗温泉不好么？早晚一块儿往群芳竞放的原野，在黄莺婉转的密林下散步不好么？无论如何请来吧！我在等你。

薇
八月四日

维弟：

　　我告诉你一桩怪事：我忽然信起宗教来了，昨晚十一点半钟的时光发现的。当我感到这一层，心里碎裂奇痛，合掌胸前，流出沉痛的泪水，虔敬地默祷一次又一次。苦痛的代价，给我明白宗教的意味之广大，心田清凉甜蜜的，看世界如掌心的小珠。

近来我常常这样想：无论怎样也与我头脑不起关系的宗教，将来我会信它吗？或者会信，因为宗教是人生最后的归宿。

入寮以来，虽是每早晚要做礼拜，我心目中，不曾有一回有耶稣基督的印象。她们在诚心祷告时，我心上不知道想着些什么花花草草。昨晚几十个可爱可怜的姊妹，一同做了点多钟的礼拜，我哩，变了一只悲哀的孤鹤，在惨淡的云间——她们的头上逍然飞舞。归室缝着寒衣，不知道怎么会起这种想头。若是换一个时间，我要自己尽量笑骂自己，然而我是严肃而虔敬的。

弟啊，我坚信我永远不会相信我所嘲笑的宗教，但不知不觉中，竟如上帝跑进我怀里了。这是为什么呢？为人生绝顶的悲哀。

"神啊，愿你诉我并特别地诉他！"我重重复复这么祈祷了。"神啊，愿你给我认识一个永远的男性！恳愿你为世界创造些永远的男性！替我除却世上无永远的男性的大悲哀！"我恳切地祈愿了。

我常对我的妹妹说："世上没有可信的男子，我誓不再爱人了。"她说："何不用金银锭铸一个？"

薇
十月十三日朝

维弟：

亲爱的维，如果你也真的在爱我，你应该会感觉我今天一天为你烦恼的心吧？

在爱的火开始燃烧的时候，即使怎样苦，也像蜜一样的甜。如能为你疯成真的狂人，我是怎样的幸福，只想为你死去呵！

爱弟，你所说的话我都能够谅察。你现在的心理状态，正如我今年正月的心理状态一样。我由一场热病，把"死"本身愉快地烧死了。我觉得过去、悲哀、理性、现实世界的一切，都在炎炎地燃烧着的净火中烧掉，而只剩着纯粹的血清在心里营着不可思议的作用，形成了现在这个无邪气的我的躯体。所以现在的我只是个小孩子，我对你的爱是天真的。

维弟，我的小朋友，好像天使般地和我交际吧！不然，我会哭，不断地哭。不待说我最初对你的爱就觉得有点奇怪，但你不也是同样吗？可是明了地说起来，我们远是无邪气的爱的成分多几倍。

爱弟，我非爱你不可，非和你往来不可。你要尊重我的无邪气，不要把我无邪气的可爱的灵魂杀死！不要认为我的爱单单是男女间的恋情。晓得吗？

我奇妙地接受了你的接吻，但那和小孩从慈爱的母亲所接受的一样，不是男女恋情的接吻。男女恋情的接吻是远躲在很远很远的秘密世界的。因为你现在微弱的爱远弹不起我的心弦，但我爱你是深深的，强烈的。你好像从星的世界飞落来探寻我的心一样，我越看到你那水晶样的光明，越觉得寂寞，觉得无边的寂寞。不，我不爱了，决不爱你了。等得一两年，尸骸都要腐朽。你不知道这热爱的日子，一天要比三天长哩。在爱的上面没有理性，我无我地想服从你的命令，就是苦也服从；但，不，不行，服从不情理的命令是可笑的。

尝过种种苦痛的我，是不怕什么命运的，等，等，等几年、几千万年的这种蠢念我做不来。我生来是顽强，我要怎样就怎样，我还是任自己的心意行事吧。

维！愿你让我们的命运自然地轮转下去吧！

白薇
十月十八日

你把温暖寄给了我

乔尹—木槿

我慎重而秘密地展开你的信笺,抛去手中余剩的烟尾,怀着忐忑的喜悦,读下由一粒粒秀丽的单字所联组起来的语句。

木槿小姐:

真的,假如我在第一次写给你的信上说"我爱你",那你不会怪我吗?虽然我们才仅仅相识呢。但是美丽的小姐,第一次我遇见你的时候,在我心头就留存了你永远不会消灭的影子了。那是在一个月夜,在陈府的露台上,你在昨夜的谈话中说及你是记着的。的确,那夜晚,月色那样好,你和你的女友、和子书谈话,而只有我是沉默地在聆听着,革履击着地板发出寂寞的声音,仰望夜空,心和明月默语……固然,我怨恨子书的疏忽,当时竟忘却和我们介绍,而我的沉默,也正因你的美丽迷惑了。

月色投射你活泼的影子在露台上,你的散发被夜风掠过时有如一团潇洒的乌云，而你美丽的大眼睛，在黑暗中，像是两颗闪烁的星星，你的声音却是那样的俏皮而且流利。偶然，当你静默的时候，那有如古代雕像的复活，呵……木槿小姐，我的心头，那时正是深思着多少美丽的幻想啊！

　　而这幻想，在那夜里，在你和你的女友离开了陈府的露台之后，是永久在我心头成为一个渺茫的憧憬。直到现在，我握笔给你写信之前，木槿小姐，我是要大胆地呈献给你我的幻想，我心头的一个伟大的祈求……

　　这也许是一个必然的事，昨天，子书来约我到 Tkachenko Cafe Garden①赴你们的宴会。本来，这在我是不应该前来的，你知道设宴的主人和我并不很熟识，虽然子书和他是好友，而同时我和你与你的女友们可以说还没有认识。不过，为子书的好意，而更为了心头的那永不会消灭的因你而开始的美丽的幻想之憧憬，所以，我跟子书到了 Renaissance Cafe②，因为子书告诉我说你们先在那里聚会的。但是到了那里，却只沈君一人枯坐着饮一杯柠檬水。而沈君告诉我们的是，你和你的女友将在八时前到精美食品店等待。这样，我们便一同到了精美食品店。

　　在精美食品店内，子书给我们介绍之后，你大概奇怪我为什么不讲话吧。是的，但那并不稀奇，我为你的美丽所迷惑了，我不知道应该怎样来赞美你。而同时我想，你的美丽是不需要人来赞美的，因为你是那样的高贵，而我的灵魂，在你的美丽与高贵的照临下，会如同一只羔羊一样地被温存地静默了。

①咖啡店名。

②咖啡店名。

木槿小姐，在 Tkachenko 的 Garden③里，那将是我一生最美丽的一个记忆。我谢谢你允诺和我 dance④，我永远不会忘记你和我在那细雨后的树荫下散步，在那彩色的 neonlight⑤下的谈天。当我们重回到座位上之后，我饮下那一杯白葡萄酒的欢悦和兴奋，呵，木槿小姐，你大概是看得出我的吧。

昨夜，的确是玩得太晚了。你说你妈妈将会怪你，是的吗？那我很担心，而我很对不起你的，是我竟没有跟着你们的汽车送你回去。那得请你原谅我。

木槿小姐，我能够有什么幸福在什么时候再见到你呢？或者是，木槿小姐，我能够有什么幸福在最短期间内就得到你的回信呢？——我憧憬着，希望着，期待着啊！

不写得太长了吧，呵，这样长，不会使你美丽的眼睛感到厌倦吗？我暂时止笔在这里。我的住址在我的名片上有着。

祝好。

乔尹
九月十一日午

木槿小姐：

我应该马上写封信告诉你，我现在是高兴得有如婴儿般地天真地跳跃了，因为正当我倚在窗口，望着空际——不是浮云，不是绿树，不是街车，是一个美丽的幻想，期待着你的回音，而你的信正巧来了。仆人告诉我说有信，而同时递

③花园。

④跳舞。

⑤霓虹灯。

来给我面前你那水绿色的封皮的信时，我的心怦然地在跳动。等候他离开了房门，我慎重而秘密地展开你的信笺，抛去手中余剩的烟尾，怀着忐忑的喜悦，读下由一粒粒秀丽的单字所联组起来的语句。到最末，我开心地躺在沙发上，你的信笺覆在我胸口。在眼前，在美丽而神秘的青年人的幻想里，木槿小姐，我仿佛亲近了美丽的你……

我所说的确是真实，木槿小姐，你诚然是如此美丽，你是人间的维纳斯，为人们所赞美与歌颂。人们将不再去柏浮市城或金都市岛或克茜拉等地方去瞻礼美神维纳斯的庙宇，因为人间有了你，你是人间的美的女王。的确，人们应该对你敬礼的——而我，我竟能得到你的高贵的眷顾，我得怎样为这幸福而欢跃啊！

祝好。

乔尹
九月二十五日

给我的爱慕找个出口

萍—佩菲　凌南—苏桢　亚光—绮丽　方华—淑仪

您是怎样的娇憨、活泼，真的，像一株玫瑰花，长在草地里。
我将把我的青春的血液，殷勤地、真实地浇在您全个的根枝上，
愿您的花朵，分外的美艳、鲜丽。

$$\infty$$

佩菲：

我破题儿第一句，声明，这是一封异性向您求爱的信。您真太美了，姑娘！两个迷人的笑涡，红的唇，白的齿，水波式的卷发，水晶似的小眼儿，尤其是夜莺般的歌喉。

记得绿荫的深处，亭亭玉立，曼声而歌的当儿，溪畔垂钓的我，灵魂儿被您吸住了。我不知道怎样才好，只是眼汪汪地看着水边，结果总想不出一句适当的话儿来。呀！您临行秋波的一转，呀！足够使我陶醉了，愿您答应我，使我永远地陶醉在您的怀里，天真美丽的姑娘！

您是怎样的娇憨、活泼，真的，像一株玫瑰花，长在草地里。

我将把我的青春的血液，殷勤地、真实地浇在您全个的根枝上，愿您的花朵，分外的美艳、鲜丽。

我真感谢您，感谢您给我的甜蜜的回忆。临行的一笑呀，我觉得很快意，使我穷极无聊的脑海中，又浮起了一高一低的思潮，黄烟般的缕缕。常见魂儿梦着您的面，更时常追忆着甜蜜的回忆，细细地咀嚼着那临行一笑的滋味。

姑娘，我本不敢这样的冒昧、这样的鲁莽、这样的没礼貌，几次想写这一封信给您，但我总没有这般的勇气，这是应有的态度吧。天真的佩菲！请您别记着这些，因为您，真的太美丽了。您一切的一切，都适合我理想中的条件。

您有健美的身躯，您有娇小伶俐的美脸。那日里，俭朴的装束，真有如西方天使安琪儿。谁说东方的美人是病态的？还有您哩！

在一个不能入睡的晚上，我又记起了您，绯红色的意味，充满了我的脑袋里，那时候，仿佛我卧倒在您清香的身边，沉醉在温和的微笑里。恨我不是个诗人，否则总能写成一些软绵的小玩意。

美丽的人儿，别虚度了您的年华，莫辜负了您的青春，我们是少年呀！尽力地做有规则的欢乐吧！因为这是人生的黄金时代啊！回顾看萧萧的白发翁，他们不是几十年前英武的少年吗？似水的流年，悄悄地溜去了，对镜自照见头上已有几根银丝般的白发。在这一刹那，您已断送了您的一生。尽力地欢乐吧，秋月为你我而分外光亮，青天为我俩而格外高爽。聪明的人儿们，眼光放远些吧。当青春之火熄灭时，什么都完了。

窗外的一片落叶，报着深秋的到来，我不知受着什么的驱使，渐有入秋来不展眉的习惯。真的，您给我的刺激太多了，现在只有您的安慰，才可深入我的心灵，给我一些安慰吧。姑娘，洁白的心幕，等着您，等您来把它染成桃花的晕红。

为了您忘不了的芳影，为了出于敬慕的热情，我才写了这一封片面的信儿来。姑娘，别丢了，请您往下读，我承认我自己，绝不是个专事玩弄女性的小骗子。我没有抱着什么野心，也没有伏着陷害您的危机，我只希望您，能接受我的苦心，给我一些安慰吧！因为我知道，爱是双方的，单方面的爱，便是可怜了。假使我能如愿以偿，那我将得着世界一切似的高兴、欢乐了。愿您不使我失望。

末了，我得绍介我自己，恐我自大地说。您别笑，我是云阳中学高中部的一个学生，就是那日溪畔垂钓的人儿，不致遗忘吧？在您的脑子里，总还留着一丝残余的痕迹。

夜深了，佩菲！朦胧地又见了您，但一睁眼呀，您已离我而去了，只有一盏茕茕的孤灯，伴着几片信笺儿。恕我搁笔了，佩菲，给我一些安慰吧！因为您真的太美了！

佩菲！佩菲！给我一些安慰吧！

祝您永远地保持着纯洁的天真，美丽！——直到我离开这人世间。

敬慕您的人儿萍
十月六日秋夜

苏桢：

虽然你已经是三十岁了——假使我的记忆没有错误的话，然而你的风情，还和十年前是一样的。我并不欺骗你，因为我在你的面前对你讲话的时候，我的心还是那么容易震动。

请你牢记着——你还是那么美丽，还是那么使我的情绪振奋！

你不是早就埋怨过我了吗——"既然你爱我，为什么你不开口倾诉你的衷肠？"

是的，我非但受到你的埋怨，并且我也受到我自己的埋怨。当我写这封信的时候，我也还在埋怨我自己："为什么有话不当面说明，又要浪费笔墨啊？"

不过我已经告诉过你，我不知怎样无论如何见不得你的面，否则我的情绪便会立刻紧张起来了，紧张得使我说不出我所要说的话，也忘记了我的话该怎么说。

当我没有看见你的时候，我总是这么想——你应该比较老一些了，你的美丽也应该削减几分了，你的风情也应该对于我失却几分吸引力了……

然而事实上并不如此：当我每一次同你重新会见的时候，你始终没有什么改变，始终叫我一看见你便血液沸腾、呼吸紧迫……

这有什么可以挽救的呢？你是这样的美丽，而你的美丽又这样地压迫我，终于铸成了大错。可是这样似乎还不够，直到现在，我依然没有勇气敢抵抗你的美丽的压迫。天啊！

假使我是基督教徒，我是一定要跪倒在主的面前去祈祷一番的了。

现在，你是你丈夫的妻子了，你早已是有夫之妇了，而我还是那么地热恋着你。我并不消极，因为我已经把你比作一株宝贵的珊瑚树，虽然你不属于我，但是属于了别人也是一样，反正是不会凋谢零落，永远是鲜明艳丽的啊！

凌南
五月二十四日于沪

绮丽，我的爱慕者：

你长得这样美好，自然不能说是一定为着我。但如你也爱了我，愿和我相伴终身，不就是全为着我了么？

现在我就这样要求你，就是要你接受我的爱，像我爱你一样地爱着我，永远，永远！

你在回答我这样的要求以前，以为总得经过仔细地考虑；考虑不妨考虑，但我推想，你是一定允许我的，因为我们很有做一对好伴侣的可能，你原也是想做伴侣的一分子的。

详细点说，做成一对好伴侣的原因，总不外性情和社会的条件这两方面：性情的投合与否不在相同或相异，相同的可以"志同道合"，也可以像同极的电磁铁互相拒绝；相异的会"如冰炭之不相容"，也会像异极的电磁铁互相吸引。这在现今的科学，恐怕还无条理来说明，只能凭当事人的直觉罢了。我们的性情确是投合的,这一点你或者还不会明白察觉,我却早就于无意中感到,你的下意识的表现早已明白地告诉了我,你和我在一起的时候老是微笑得出神的呀,这不就是铁证么?老实说,我的爱你是这样引起的,爱你的心是被这样打动的。如果有时你还要觉得并不十分相投,那是因为被社会心理左右了。

讲到社会的条件,第一自然是财产问题。但这一问题实已不成问题,要有财产的目的无非维持生活,论起数目来,现在我所有的和资本家去比较,虽然是不足道,可是总够维持生活。你总也以为财产是只能够维持生活就够的了,你不是拜金主义者——拜金主义者是何等可耻呀!——既然不是金钱的奴隶,当然不以金钱为重,当然不以财产是必要很多的了!

第二是地位问题吧。一般俗人,大概以为做了官的是地位高的了,带了兵的也是地位高的了。可是明白事理的,总知道学者的地位实在比做着官的优胜得多;军阀的地位,无论怎样有声有势,总不配去和诗人比较。你不是俗人,你是明白事理的,当然不会以此还成问题了吧。

第三,嗜好。我有什么嗜好呢?以前,我的唯一的嗜好就是看女人。可是自从爱了你以后,就只要看你了,因为我觉得一切女性的优点你的身上都有着,你可以代表女性美,你原是女性美的结晶。如果不相信,何妨试一试,看我在你的面前,是不是还要再看其他的女子!

第四,容貌。聪明的人绝不以貌取人。聪明如你,难道还会以容貌成问题吗？况且我虽不是个美少年，但身体上并没有什么缺点。况且容貌的美好并无一定客观的标准，全凭主观，所谓各人各爱，大姑娘喜欢驼背。这实在是不成问题的呀！

至于年龄，或者以为我的太大了点，但是，绮丽，我的爱慕者！这只要一分析，你就会毫不介意了。虽然我比你大了好几岁，可是社会上有着许多对恩爱的夫妇，都是较我们年龄还要差得多的；同时也有许多许多对夫妇，年龄相近，有些简直相等，却都时刻反目，七世冤家八世仇地闹过一生呢。平均比较，能够恩爱到底的委实还是年龄差得大的多。而且，女子是比男子容易衰老的，所以年龄相等的到了后来往往发生意外；为着后来计划，我们正好呢！而且，结婚，在你也不嫌小，在我也不嫌大——比我们更小更大的，只是我们的亲友中，不就有着许许多多么？——总之你固然正当青春，我也是个青年，不也是正好的么？况且，在现时现代社会，如由自由恋爱真正地正当结婚，男的年龄是一定不会小的了。因为等到完成了相当的学业，能够自立的时候，必须经过许多年的努力奋斗。所以，如果想和一个年纪很轻的男子结婚，那么只好家里有产业给他的了。可是一用家里的钱，就得听家里的话，就得服从"父母之命"，就不得自由恋爱；结婚以后就得规规矩矩地去做儿媳妇，就得遵守旧礼教，就将从此失去正常的人生。难道你会愿意这样的么？——年龄自然也是不成问题的了！

这样看来，无论性情或者社会的条件方面，你是应该允许我、总得允许我的了。绮丽，我的爱慕者，我相信，你是一定允许我的了，因为你是聪明而且清楚的。你确是个清楚的聪明人呀，你允许了我，我就将非常快乐，也将更加爱你，因为快乐了精神就会增强起来，自然，爱的力也就更大了。绮丽，我的爱慕者！只要你允许，我们就能非常快乐，将永远、永远快乐了！

求爱人亚光
八月十九日

我不敢爱而不得不爱的淑仪：

现在我已独自上了孤寂的旅路，住在不满五尺方的房舱里，想着你我的前途，不觉黯然！淑仪！现在我的心境，真如待死的囚徒！

我这次不别你而去，全是为了你，想你已知道。那天黎明时候，我瞿然惊醒了来，我是决意去了。看着你的短发伏额，蓬松的鬓发，美丽的面庞枕在我的臂上，嫩红的腮上梨涡里显着浅浅的微笑，我刚欲抽出手臂，我不觉地迟疑了。我终于想着了你我的前途，乃断然地、轻轻地抽了出来。那时候，晨曦微透进窗来，我觉着是走的时候了。整理了我的行装，轻轻地走到床前，伏在你枕边，在你香唇上吻了一下，轻轻地。刚欲吻你第二下时，你似乎惊醒了，微微地欠伸了一下，又翻转身去，朝里睡着了。

那时候，马路上是如此幽静，路旁的杨柳，不经意地摇拂着，好似依依地和我泣别。我独自走到江边，走上轮船时，距开船尚有半个钟头。我呆看着江边海关的大钟，一分一分地逝去，岸上的房屋，一幢幢的都变成了你，都在泪眼相视地哀怨地对着我。不忍再看了，我跑入舱里去。

我倒在床上，伤心地哭了！

一觉醒来，船已离岸一里许了，我自恨能力薄弱，不能使船停止前进。我走上甲板，对着汉江流泪。滔滔的逝水呵，你也能载一点相思回去！

我们长此相处，将成不了之局——这是我不得不别你而去的苦衷。"爱是无条件的。"我们都相信这句话。"爱是大无畏的！"我们又都相信了这句话。

但是，社会上的冷酷的批评，能不顾着么？冷眼的一瞥，你能忍受么？我又能忍受么？

我此去，不是畏难而苟安，不是一去而不回头地弃你而去，是谋我俩的"长治久安之策"。

社会的制度，我俩能打破么？我想你一定断然地说："能的，而且愿意的！"但是，我的淑仪！我的淑仪！你要想着，你要知道：我是有妇之夫，你是有夫之妾！

因此，我不得不求"长治久安之策"！使人们知道，我爱你，不是为了肉欲，实是你的好朋友，你精神上的爱者。因深切地爱着你，是想将你从黑暗而引导入光明，由非人的地位而引入人的地位，自己好好地站起来，有能力自己站起来，扬起反叛之旗，向着黑暗之势力革命！

我可以对天发誓，我毫无自私之心！

那汉江之上，是不能久住的了，你急急地想离开，我何尝不知道？

因为此时若是冒失地带你走，实有拐带的嫌疑，非替你谋了一个固定的生活后，是要暂时分离的。淑仪！我爱的淑仪！你要原谅我的苦衷呀！

爱你而不敢爱的方华
十月二十八日于江上

我究竟能否永远爱你

蒋光慈—宋若瑜

早些见面总比迟些见面好些，会聚总比不会聚快乐些，
握着手儿谈话总比拿起笔来写信要舒畅些。

亲爱的若瑜友：

四五年来我作客飘零，
什么年呀，节呀，纵不被我忘却，
我也没有心思过问。
我已成为一天涯的飘零者。
我已习惯于流浪的生活，
流浪吧，我或者将流浪以终生。

这是我的《过年》诗中的一节。我颇感觉我的前途是流
浪的，是飘零的——但我并不怨恨这个、惧怕这个。我是一

个诗人，古往今来的诗人特别是有革命性的诗人，没有不飘零流浪的。我对于人类、对于社会怀抱着无涯际的希望，但同时我知道我的命运是颠连的。我倒愿意这样，否则我就创造不出来好诗了。

昨天因刺激而发生突变的懊丧，晚上无聊跑到大世界听北方女子的大鼓书，到了十点钟买一瓶酒回来，刚到家，友人李君就说，有封自开封寄来的信，当时我就知道是你寄给我的。于百无聊赖之中，忽然得到了一点安慰。承你怀念我，承你问一问我的精神如何！我的精神如何？这话倒难说了。我觉着茫茫人海没有一个爱我的人，虽然我对于那些多数的穷人或有希望的人怀着无限的同情。你称我为爱友——这个，老实说，我有点怀疑，因为我觉着现在的世界中没有爱我的人……

倘若你从信阳只给过我两封信，那么，这两封信我都收到了。我本想多写信给你，无奈因我的事情很忙，你又不时常给我信，所以就未能如愿。你明春来宁续读，我实在很喜欢，因为或者我们有见面的机会。你的精神，你的意志，我都表示十二分的敬佩。若瑜！努力吧！你将来有无穷的希望！我祝福你的将来！我希望每一个朋友都比我强，都比我更有成就。我又特别希望女友能够上进，能够立在我的前面。

今年我从那冰天雪地之邦，
回到我悲哀祖国的海滨，
谁知海上的北风更为刺骨，
谁知海上的空气更为奇冷。

比冰天雪地更残酷些的海上呀！
你逼得无衣的游子魂惊。

这是我《过年》诗的第二节。你问我上海的局面如何，我就把这节诗答复你。上海为中国资本主义最发达之地，为帝国主义压迫中国民众表现最明显之区，金钱的势力，外国人的气焰，社会的黑暗……唉！无一件不与我心灵相冲突！因这，我的反抗精神大为增加了。

上海大学已经放假了。我本拟回故里一行，看看我那多年未见面的双亲，看看那多年未入眼帘的乡景，但是因种种事故，不能如愿。我已经说过了，我已成为一天涯的飘零者，还说什么家、故里、乡景……

写到这里，有人请我外出，不得已暂将笔放下，容改日再谈吧。

祝你健康！

侠僧
一月十一日

亲爱的瑜妹：

五月二十九日的信收到了。

你千万不要生气！你的学生之所以这般设法挽留你，亦不过是过于爱你，不愿与你离别，并没有什么恶意。我并不因为她们写信怨我生气，我很原谅她们，我请你也原谅她们吧。你不必认真与她们计较，伤了感情倒是很不好的事情。

你决定下学期不在二女师教书了，我极赞成。你还是在求学时代，现在有求学的机会，无论进学校或是自修，但还是要求学。

你决定暑假来北京看我，安慰安慰我们六年来的相思，这是我唯一希望的事情！我的瑜妹！我相信你，我相信你绝不至于不践约！固然，真正的恋爱不必斤斤于见面的迟早，但是我们都是人，都具有通常人的习惯——早些见面总比迟些见面好些，会聚总比不会聚快乐些，握着手儿谈话总比拿起笔来写信要舒畅些。我的瑜妹！你以为何？

你因为了解我，相信我，才能这般诚恳地、热烈地爱我——我的瑜妹！这是实在的，我相信你，我相信你。"侠僧究竟能否永远爱你？"这也是很自然的疑问。凡是一个人过于恋爱某一个人的时候，常常要起许多疑问，发生许多猜度。不过，我的亲爱的，你可不必有这样的疑问；你倘若相信自己能永远地爱侠僧，那同时也就可以相信侠僧能永远爱你了。我的瑜妹，请你放十二分的宽心吧！

读了你这一封信，我更觉着有无限的愉快！我并不以为你是一个贪生怕死的贵族式的女子，不过我有时却想到，通常因物质生活的关系，或因思想的不同易发生爱情的阻碍。这个我当然不能以为你将来不能同我共甘苦，不过我也同你一样，常常起一些疑问罢了。读了你这封信，我觉得我这种疑问是不必的，此后我在你身上将不发生任何疑问。凡是你所说的，我都完全领受，我都完全相信。我的瑜妹，你是我司文艺的女神，你是我的灵魂，我怎能在你身上发生疑问呢？

海可枯，石可烂，我俩的爱情不可灭！

我的瑜妹！

祝你珍重！

你爱的侠哥
六月三日

我那么热烈地爱你

郁达夫—王映霞

正因为我很热烈地爱你，所以一时一刻都不愿意离开你；又因为我很热烈地爱你，所以我可以丢生命、丢家庭、丢名誉，以及一切社会上的地位和金钱。

映霞：

这一封信，希望你保存着，可以作我们两人这一次交游的纪念。

两月以来，我把什么都忘掉。为了你，我情愿把家庭、名誉、地位，甚而生命，也可以丢弃，我爱你，总算是切而且挚了。我几次对你说，我从没有这样地爱过人，我的爱是无条件的，是可以牺牲一切的，是如猛火电光，非烧尽己身不可的。内心既感到了这样热烈的爱，你试想想看外面可不可以和你同路人一样，长不相见的？因此我几次的要求你不要疑我的卑污，不要远避开我，不要于见我的时候要拉一个第三者在内。好不容易你答应了我一次，前礼拜日，总算和你谈了半天。第二天一早起来，我又觉得非见你不可，所以又匆匆地跑到尚贤坊去，谁知事不凑巧，却遇到了孙夫人骤病，和一位不相识的生客的到来，所以那一天我终于很懊恼地走了。那一夜回家，仍旧是没有睡着，早晨起来，就接到了你一封信——在那一天早晨的前夜，我曾有一封信发出，约你今天到先施前面来会——你的信里依旧是说，我们两人在这一个期间内，还是少见面的好。你的苦衷，我未始不晓得。因为你还是一个无瑕的闺女，和男子来往交游，于名誉上有绝大的损失，并且我是一个已婚之人，尤其容易使人误会。所以你就用拒绝我见面的方法，来防止这一层。第二，你年纪还轻，将来总是要结婚的，所以你所希望于我的，就是赶快把我的身子弄得清清爽爽，可以正式地和你举行婚礼。由这两层原因看来，可以知道你所最重视的是名誉，其次是结婚，又其次才是两人中间的爱情。不消说这一次我看见了你，是很热烈地爱你的。正因为我很热烈地爱你，所以一时一刻都不愿意离开你；又因为我很热烈地爱你，所以我可以丢生命、丢家庭、丢名誉，以及一切社会上的地位和金钱。所以由我讲来，现在我最重视的，是热烈的爱，是盲目的爱，是可以牺牲一切、朝不能待夕的爱。此外的一切，在爱的面前，都只有和尘沙一样的价值。真正的爱，是不容利害打算的念头存在于其间的。所以我觉得这一次我对你感到的，的确是很纯正、很热烈的爱情。这一种爱情的保持，是要日日见面、日日谈心，才可以使它长成，使它洁化，使它长存于天地之间。而你对我的要求，第一就是不要我和你见面。我起初还以为这是你慎重行事的美德，心里很感服你，然而以我这几天自己的心境来一推想，觉得真正地感到热烈的爱情的时候，两人不见面，是绝对的不可能的。若两个人既感到了爱情，而还可以长久不见面的话，那么结婚和同居的那些事情，简直可以不要。尤其是可以使我得到实证的，就是我自家的经验。我和我女人的订婚，是完全由父母做主，在我三岁的时候订下的。后来我长大了，有了知识，觉得两人中间，终不能发生出情爱来，所以几次想离婚，几次受到了家庭的责备，结果我的对抗方法，就是长年避居在日本，无论如何，总不愿意回国。后来因为祖母的病，我于暑假中回来了一次——那一年我已经有二十五岁了——殊不知母亲、祖母及女家的长者，硬把我捉住，要我结婚。我逃得无可再逃，避得无可再避，就只好想了一个恶毒的法子出来刁难女家，就是不要行结婚礼，不要用花轿，不要种种仪式。我以为对于头脑很旧的人，这一个法子是很有效力的。

哪里知道女家竟承认了我，还是要我结婚，到了七十二变变完的时候，我才走投无路，只能由他们摆布了，所以就糊里糊涂地结了婚。但我对于我的女人，终是没有热烈的爱情的，所以结婚之后，到如今将满六载，而我和她同住的时候，积起来还不上半年。因为我对我的女人，终是没有热烈爱情的，所以长年漂泊在外，很久很久不见面，我也觉得一点儿也没什么。从我这自己的经验推想起来，我今天才得到了一个确实的结论，就是现在你对我所感到的情爱，等于我对我自己的女人所感到的情爱一样。由你看来，和我长年不见，也是没有什么的。既然是如此，那么映霞，我真真对你不起了，因为我爱你的热度愈高，使你所受的困惑也愈深，而我现在爱你的热度，已将超过沸点，那么你现在所受的痛苦，也一定是达到了极点了。爱情本来要两人同等地感到，同样地表示，才能圆满地成立，才能好好地结果，才能使两方感到一样的愉快，像现在我们这样的爱情，我觉得只是我一面的庸人自扰，并不是真正合乎爱情的原则。所以这一次因为我起了这盲目的热情之后，我自己倒还是自作自受，吃吃苦是应该的，目下且将连累你也吃起苦来了。我若是有良心的人，我若不是一个利己者，那么第一我现在就要先解除你的痛苦。你的爱我，并不是真正地由你本心而发的，不过是我热情的反响。我这里燃烧得愈烈，你那里也痛苦得愈深，因为你一边本不在爱我，一边又不得不聊尽你的对人的礼节，勉强地与我来酬酢。我觉得这样的过去，我的苦楚倒还有限，你的苦楚，未免太大了。今天想了一个下午，晚上又想了半夜，我才达到了这一个结论，由这一个结论再演想开来，我又发现了几个原因。第一，我们的年龄相差太远，相互的情感是当然不能发生的。第二，我自己的风采不扬——这是我平生最大的恨事——不能引起你内部的燃烧。第三，我的羽翼不丰，没有千万的家财，没有盖世的声誉，所以不能使你五体投地地受我的催眠暗示。

说到了这里，我怕你要骂我，骂我在说俏皮话讥讽你，或者你至少也要说我在无理取闹，无理生气，气你不肯和我相见，但是映霞，我很诚恳地对你说，这一种浅薄的心思，我是丝毫没有的。我从前虽则因为你不愿和我见面而曾经发过气，但到了现在——已经想前思后地想破了的现在，我是丝毫也没有怨你的心思，丝毫也没有讥骂你的心思了，我非但没有怨你、讥笑你的心思，就是现在我也还在爱你。正因为爱你，所以我想解除你现在的苦痛——心不由主，不得不勉强应酬的苦痛。我非但衷心地还在爱你，我并且也非常地在感激你。因为我这一次见了你，才体验到了情爱的本质，才晓得热烈地想爱人的时候的心境是如何地紧张的。我此后想遵守你所望于我的话，我此后想永远地将你留置在我的心灵上膜拜。我这一回只觉得对你不起，因为我一个人的热爱而累及了你，累你也受了一个多月的苦。我对于自己所犯的这一点罪恶，认识得很清，所以今后我对你的报答，你也仍旧是和从前一样，你要我怎么样，我就可以怎么样。

映霞，这一回我真觉得对你不起，我真累及了你了。映霞，你这一回也算是受了一回骗，把我之致累于你的事情，想得轻一点，想得开一点吧！我还希望你不要因此而断绝了我们的友谊，不要因此而混骂一般具有爱人的资格的男人。

这一回的事情，完全是我不好，完全是我一个人自不量力瞎闯的结果。我这一封信，可以证明你的洁白，证明你的高尚，你不过是一个被难者，一个被疯狗咬了的人，你对我本来没有什么好恶之感，并没有什么男女私情的。万一你要证明你的洁白，证明你的高尚，有将这一封信发表的必要的时候，我也没有什么反对的抗议。不过若没有这一种必要的事情发生的时候，我还是希望你保存着，保存到我的死后再发表。

最后我还要重说一句，你所希望我的、规劝我的话，我以后一定牢牢地记着。假使我将来有一点成就的时候，那么我的这一点成就的荣耀，愿意全部归赠给你。

映霞，映霞，我写完了这一封信，眼泪就忍不住地往下掉了，我我……

达夫上
（一九二七年）三月四日

映霞：

昨天的一天谈话，使我五体投地了，以后我无论如何，愿意听你的命令。我平生的吃苦处，就在表面上老要做玩世不恭的样子，所以你一定还在疑我，疑我是"玩而不当正经"。映霞，这是我的死症，我心里却是很诚实的，你不要因为我表面的态度，而疑到我内心的诚恳，若你果真疑我，那我就只好死在你的面前了。临走的时候，我要——你执意不肯；上车的时候，我要送你，你又不肯。这是我对你有点不满的地方，以后请你不要这样的固执。噢，噢，不要这样的固执。若礼拜日天气好，我一定和你去吴淞看海，那时候或是我来邀你，或是你来邀我，临时再决定吧！

我今天开始工作，大约三四天后，一定可以把《创造月刊》七期编好。我要感激你期望我之心，所以我一边在做工，一边还在追逐你的幻影，昨天的一天，也许是我的一生的转机吧！映霞，我若有一点成就，这功劳完全是你的。

我说不尽感谢你的话，只希望你对我的心，能够长此热烈过去，纯粹过去，一直到我们两人死的时候止，我们死是要在一道死的。

达夫

（一九二七年）三月八日午

映霞：

　　今晚上又是一晚不睡，翻来覆去，只在想和你两人同在上海时候的情景。映霞，我们的运气真不好，弄得这一个韶光三月——恋爱成功后的第一个三月，终于不能一块儿过去。不过自古好事总多魔劫，这一个腐烂的时局也许是试探我们的真情的试金石。映霞，我想我们两人这一回相见的时候，恐怕情热比从前还要猛烈，这是一定的。

　　我在上海绝没有危险，请你切不要轻信谣言，急坏了身体。我到杭州来，也必定不于冒险前来，必要等时局平静一点之后再来，请你放心。本来蒋先生约我同来杭州的，这样的火车一断，怕是不能回来了，因为我想绕道宁波可由水道到杭州的拱宸桥上岩。但是我现在还在等着，等火车的开通。总之映霞，等杭沪火车一通，我就可以来杭，请你安心等着，不要太着急了，小心急坏了你的身体，因为我们两人中间，一个人坏了，就要牵连到另外的一个人身上去。窗外头又在下雨，今天午后我因为无聊，去卡尔登看了一张影片。这影片的情节，很像我们两人的事情，可惜你没有看见，你若看见了怕你又要哭一场哩。映霞，最爱的映霞，你现在大约总睡在床上做梦吧？我希望你梦见我，在梦里和我 kiss[1]。

达夫上
（一九二七年）四月十三日午后三点钟

[1] 亲吻。

想你的信如蝴蝶飞来

洁—安

我吻你的照片，我吻你的眼，我吻你的鼻，我吻你的口，
我吻你的头发，我吻你的面颊……

安，我的心：

我真快乐，我真是难以形容出我这时候的心情的快乐，在我殷殷地期望中我果然接到你的信，我果然接到我最亲爱的哥哥的信了。啊，哥哥，我是如何的快乐呢？我这时候的快乐即使一个天才的文学家也不能描写出，仿佛无边的大海上那样的一星微小的浮沫来的。总而言之，我接到哥哥的两封信是感到无涯际的快乐就是了。

我的哥哥，我的心爱的哥哥，想起自从你写了陆君的事离别了你的妹妹去了苏州，我真是孤寂，我真是对你热爱，尤其是最近以来我更加伤心和孤寂，更加地热恋你了。啊，哥哥，主宰人的命运真是可恨和残忍的，既然使我和哥哥认识，

更使我们两人之间发生了如漆似胶的深挚虔诚的爱，由朋友而心心相印地成为了至亲热纯洁的爱人，这样似乎就应当使我们永远地不分别才好，但为什么又要使我们一个在天之涯、一个在地之角？为什么又要我们这样凄凉地分别呢？

是的，不错，我们这一次的分离虽只是十余天的时光，然而也足使你的妹妹的心怆然、恻然和破裂一般地痛了。啊，我的哥哥，这的确是真的，你的妹妹的心是破裂一般、针刺一般地痛着。

你不要怀疑这是必定的事，一丝也不觉得为异的。你要知道爱你的洁，是把你作为维系人的生命的食粮那样地需要，是一天也不能没有你的。如果没有你，没有我的至爱的哥哥，我就会深深地感觉到孤零，如同那哀啼着的失群的鸿雁一样地孤零了，而且，我更不能在这个世界上生活着。

因此，我的安，我是殷切地需要你的爱！现在十几天来没有见哥哥的容颜，我当然非常地怀念你了。

我的安，我甜蜜的爱人，你可知道吗？我的心灵自我的哥哥别离了我后，是异样地思念你，正如你在姑苏那样深切地思念我一样。虽然是能时常和我通信，能和你平素一样互诉心声，然而这毕竟是纸上的，我依然是不能见着你，我依然是不能见着你而亲和你畅谈，是一星星地不能减轻我对哥哥的怀念，且是不独不减轻甚而更深地加重了！我的安，为了你，为爱你，为念你，我非常悲哀、凄然地对于一切的一切的事情都无心去做，都没有兴趣，即连关系我的前程光明的功课我也无心去上了——不，我仍旧是天天去上课的，只是虽然我天天坐在教室中，我的心却不在书上而飞到我的哥哥身旁，跟随着你，随着你安眠，随着你走路，你怎样我便怎样，你去哪里我便去哪里。我的安，我是将一颗爱你的血红的心寄在苏州的你身旁，做你的伴侣啊。哥哥，你想想，你细细地想想，你的洁是如何地爱你，是如何深切地爱你呢？

是的，我是最爱你的，你也明了，你曾说过，在这冷漠和虚伪的世界的人是只有一个叫作"洁"的少女最心爱你的，没有一个人能像这个少女那样深爱你的了。

我的确是热烈地挂念你，夜里也怀念你，而且殷殷地无时无刻不怀念你，我吻你的照片，我吻你的眼，我吻你的鼻，我吻你的口，我吻你的头发，我吻你的面颊……一句话，凡是你的照片一切地方我都尽情地吻过了，于是我便笑，我好像得到你给我以无限的甜蜜的安慰。但当我再想一想我的哥哥仍然是在遥远的姑苏时，唉，哥哥，你晓得不晓得，爱你的洁妹的笑立即就会像青烟一般消散了去，我毁灭了我的笑容。我哭了，我为你哭，我为我的安作客苏州而哭。我每天都是这样，我如此地哭笑无常，一些误解、不明了我的苦衷和凄伤的同学，都怀疑我是受了何种深大不幸的刺激而神经反常了！也难怪她们，她们于我都是隔膜的、不了解的，她们哪里知道我是因着哥哥，我这是因着怀念我亲爱的安哥哥的一种自然举动呢？

这些同学，不，一切人间的人，都永远不会了解我的心灵痛楚的，甚而更无情地加于我一种使我难堪的嘲笑。我想想，会了解我、会同情我而对我共鸣的，是唯有一个人，一个至爱至亲的爱我的哥哥吧！

至爱的安，啊！我的生命、我的灵魂一样的哥哥啊！每当夜尽更残，完成了她一夜工程的月儿照耀着她最后微弱的光芒的时候，我常常还是不能走入甜蜜的梦乡。每天都是听见了学校催眠的钟声便睡到床上，怀着你，念着你，不知不觉间又见着第二日的东方发出熹微的晨光了。在怀念着你时，想起了我们过去幽会在兆丰公园浓的情，踯躅在江湾路上的蜜的意。而现在呢？现在是一个在苏、一个在申地分离了。这些随着深深的流水逝去了的茜红色的过痕，我仿佛将它作为了我们的生命史的、爱情史上的陈迹，欷歔叹息着对它垂泪地凭吊，感到那样的悲怆凄凉；于是我——我的安哥一定会猜中我又是哭了吧？对，对，可怜你的爱妹又为着念哥心切而涕泪滂沱了！

提起我的哭——为了爱你而想念你，我是违背了与哥哥的信约，我不珍贵我的眼泪，我数不清我为你所流的眼泪了——使我回忆起一个梦，这个梦自然是香的、甜的、美满的，然而当这个梦醒后呢？哥哥，我先不说，我伤心，我不忍说，请你先细细地想象想象吧。

现在我来告诉你这个香甜的梦的过痕。

前天的夜半，我梦见了你。安，是这样的，我看见你从苏州归来了，于是我们愉快地、欢快地你携着我的手，我也携着你的手，你并着我的肩，我也并着你的肩。我们双双地在被称为"神秘之街"的北四川路上慢慢地走着，不久我们便走进了虹口公园。虹口公园是最美丽的，尤其是正当这个月夜的时候，更是觉得幽静可爱了。我们微笑地走着，淡的月光照着我们的一双情影，仿佛这一弯孤冷的眉月是羡慕我们，紧紧地追随着我们，偷偷地听我们喁喁的情话。这时候广漠寂静的公园总可以看见疏疏地点缀着的一对对青年男女安舒地散步的倩影，然而我不羡慕他们，我的哥哥也不羡慕他们，我们不是更比他们幸福吗？当然的，后来我们又到奥迪安去看电影，这晚上的影片是叫作《醉男醉女》，是非常风流和浪漫的。看到一幕两个异性热情地拥抱着接吻时，我的哥哥就紧握着我的手，另外一只手却去搔我大腿的痒处，于是我忍不住轻轻"扑哧"地笑了……最后，我们看完了电影，你送我回学校里去。在归来的江湾路上，死一般寂寥的江湾路上，我的哥哥突然停步了，你紧紧地搂着我，我也搂着你，我们合着眼睛互相地接了一个深长的吻，香甜的吻，我们都不知道我们的身外边有一个世界的存在。

后来你终于说话了，你这样地对我说：

"妹妹，我爱你，我深爱你，我愿你也这样地爱我。"

我听着，我低垂着头，红着我的脸，也轻声地回答你说：

"自然的，哥哥，我也深深地爱你，我愿你也永远永远地爱我。"

啊，我的好人儿，你想，你想这个梦是多么香甜和快乐呢？我不能再多写了，因为多写了是更增加我的心伤，这不是事实，这是个梦。梦，虽是甜蜜蜜的，然而毕竟还是一个抽象的香梦啊！

当我从梦的温柔中醒来了后，我才知道我依旧是在床上眠着，孤清清地在床上眠着。哥哥，你不要误会，我的心是光明的、纯洁的。我也是赞同哥哥，把爱建立在灵的上面，我写这句话时，我没有带着一丝丝卑污的欲念——梦中的一切欢快都幻灭了，我们并不像梦里的欢聚，我们还是那样地两地分离着。

唉，我的哥哥，谁都会承认，美满的梦是人生的过程中最快乐的事，然而我想同时谁都不能否认，梦的美满和快乐也正是倍添醒后悲哀的元素啊！

梦真是象征着人的一生的。

于是我感到凄凉，我啜泣，我嘤嘤地啜泣了。

亲爱的安，在你未回上海以前，现在你看了妹妹所告诉你的生活的情态，你便可知道你的洁是怎样地念着哥哥，是如何地爱哥哥了。我是虔诚地爱你的，天知道，倘若说，我不爱你，我还这样切念着你吗？所以，我要求你以后不要起了疑惑，你坚固你对于妹妹爱你的信心吧，我最爱的哥哥。

我应感谢上帝，上帝真是慈悲的，主是可怜我怀念哥哥的痛苦和凄凉。当我在上课，不，我在教室里相思哥哥，听见了下课的铃声无精无神地步出了课室时，校役便拿着你寄来的信交给我了，是这样厚重的一袋，我是何等地快乐啊！在我深切地怀念的心情和我殷勤的期望中，我终于接着你的信了，哥哥，你这两封信于我真是一服消愁剂、兴奋剂，是平静了我跳跃着的不宁的心了。

我诚然是无限地快乐，真的，我真是说不出地快乐，我快乐到我握笔开始写信给你时便说我是如何快乐了，哥哥！我写到这里的时候，忍不住停了笔，拿起你的信，在你的信上吻着，吻着，吻完了一张又吻一张，一直到吻完了，你的爱你的妹妹还是依依不舍。至爱的人，我是把你的信作为是你，是你的一切，我吻完后更把你的信散在我的怀中，这样，我不是如同真是和我的哥哥拥抱着接吻了么？

我的安，我的哥哥，我把你的信细细地读过后，我不由得对你感激涕零了。我是个富于感性的人，我是个神经质的人，而且我更可以这样自信地说，我是个多情的少女，我平日总是以感情用事的，只要一点微小的不幸的事都能深深地波动我的悲愁，反之，就是一点微小的光荣的事都能使我无限愉快。因此，我的哥哥，我的唯一最爱的安，我对于你呈献给我的伟大深挚的爱，是感激你到无以复加的地步。

其实，原来我便是深爱你的，对于这，你只须从我过去对待你的态度始终如一的诚恳便可以很明白地看出来，这就是一个铁证，我想哥哥一定也相信。如今我爱哥哥，哥哥也这样地挚爱我，则我将更加直白，从此以后我将更加深深地爱我的哥哥了。

爱你的洁妹
八月二日夜

我的洁，我的爱，我最好的人：

命运，命运，命运真是可恐怖、可怨恨、可诅咒的，我是个相信命运的人，我过去的坎坷和颠沛使我成了个命定论者。我相信命运是确实能够支配人的，我相信命运有很大权威左右人的幸福和苦难，而且它是专戏弄人，它是狰狞地摧残和破坏人的美满希望的。等到把人弄到失望，它就得意地狞笑了！

我恨死了我的命运。

妹妹，我至爱的妹妹，即如我这次，又何尝不是命运对我的玩弄和摧残呢？想起那晚上我从姑苏归来，因为念你情切，我便写了一封长信给你，预备第二天去看我的妹妹。这晚上我虽然身体不适，但我却十分愉快，十分喜乐，于是我睡在床上便开始幻想见着了妹妹时将怎样和你温存和亲热，将怎样来表示我对你的热烈的爱，将怎样地对我的妹妹献殷勤。妹妹，这都是为了爱你，这都是你的哥哥为了挚爱的妹妹啊！

然而残酷的命运又仿佛妒忌我，正当我们能够重逢时，它又来摧残我了。

最爱的洁，就在这晚的夜将过去的时候，我突然醒了过来，我感觉我的身体一阵寒一阵热，同时我又觉得胃部很痛。经验告诉我这是病了，我很焦急，但我不是为我的病而焦急，我是焦急我写好的信不能付邮寄给你，寄给我心爱的妹妹，使你更深地想念着我。我的爱，现在大约你还以为我仍是在苏州吧。倘使我的好人空劳怀想我，思念我，我真是罪恶，我真是罪恶。

但是妹妹，我要求你见谅我的苦衷，看上帝的面子上宽恕了你的哥哥的罪恶吧！

唯一的最亲爱的人，你是我最爱的，我也最明了、最信任你对我钟情的真切。我们的相识已经有长久的历史了，你常常地关怀着我的一切，随着时间的变迁，你总是仿佛慈母一样，殷勤地对我问暖嘘寒。洁，我的洁，我感激你，我因感激而更加爱你了！

"爱"，是唯有纯洁神圣的爱才能这样的赤诚。不，我说错了，我应当这样说，是唯有，是仅仅唯有我的妹妹的纯洁神圣的爱才能这般赤诚的！

那么，我的安琪儿，我的洁妹，你现在知道我病了，我想你一定会为你的安生病而烦恼吧？你一定会为你的安生病而忧戚吧？你一定会为你的安生病而向上帝祈祷，求主祝福我的病痊愈吧？我的洁，倘使你真这样，我要深谢你的，深谢你的一片好意，深谢你爱我。但是妹妹，请你放心，请你不要挂念，我不过是一点轻微的病而已。如果你为我忧愁而不安，则爱你的安是会因你的心情而联系到我的心情更加感到不安的。

我爱，昨天我的友人季君来看我，他是回春医院的院长，他说我的病是不重要的——妹妹，你听了这句话，你更可以安宁你的心了——只须服几次药，静静地休养几天便可完全地复原。不过我的寓所是接近都市嘈杂的市声，很不适于病的静养，所以他极力劝我到他的医院里去，我因为不愿拂他的好意而且又不用钱，就只好答应他了。

现在我已经在医院的头等病室里静养着。

亲爱的妹妹，想起了我们的别离，似水的流年不觉已经十几天了。本来呢，这十几天的时光断不能说是悠长，若在平时，是觉得刹那间就过去了的。但现在爱你的哥哥因深爱你、切念你，便反觉得度日如年似的感到日子的悠长了，我真是难堪，真是可怜。我将怎样消磨我一天的光阴呢？妹妹，我是为妹妹才感到这么苦痛。那么，你告诉我，你告诉我……

甜心，我的甜心，医院里的环境非常静穆，然而这静穆于我是引为讨厌的，我不需要，因为这静穆使我感到无边的寂寥，因这无边的寂寥更使我怀念我的妹妹了。

妹妹，你要诅咒命运，我恨死了命运，它使我们别离已是极端的可诅咒、可怨恨了，为什么等到我回到上海，将要能够和妹妹相见时，又加我以疾病的阻碍呢？又使我不能来会我的妹妹呢？

妹妹，心爱的妹妹，你不要怨责你的哥哥，你的哥哥是深爱你的，因深爱你而想念你，因想念你而急欲见妹妹的，你把对你的安的怨恨十字架加在命运身上吧！

我的妹妹，如果现在我没有病，我不是可以和你执手言欢了么？我不是可以和我的妹妹拥抱了么？我不是可以和我的妹妹热情了么？然而，不幸，这是梦，这是命运残忍的注定，因为这时候，爱你的安哥还在死一般的静寂中，充满着一声声病者微弱呻吟的病室里休养着啊！

现在我睡在床上，我真是难过极了，我爱你，我思念你，我想哭，真的，我的确哭了，你听听你哥哥啜泣的声音吧！我希望我的背能像小鸟生着一双翅膀立刻飞到妹妹那里，去见我的妹妹，像孩子投在慈母怀抱里一样痛哭，求妹妹的原宥，和妹妹拥抱着亲一个香甜的吻。

我诚诚实实是这样幻想着的，妹妹。

你看，我是如何地爱你？是的，我想妹妹一定也如同我一样，我想象着妹妹现在还以为我在苏州，一定会火般地怀念着我，一定写了许多信去，你更会怨我不回复你，你一定会时常这样疑问：

"我的安哥怎么不写信给我呢？莫非他是不爱我了吗？"

妹妹，对吧？我想象得对吧？

我愿意妹妹是这样。

我的爱，我写到这里，我非常地感伤，因为同室的病人天天都有亲朋来慰问他们。尤其我对床那位崔君，他的爱人天天而且有时一天来两次，买东西给他食，带书籍给他看，抚问他，安慰他，有一次我看见她临走时和那位崔君偷偷地吻了！啊，妹妹，他们的亲热情形和你的哥哥相形之下，是如何地使我难堪，是如何地使我感到妒忌和悲伤呢？可怜，真是可怜，你的哥哥没有人来见他，他只是孤独地一个人睡在床上。虽则也常有几个颇具姿色的看护妇对我慰问，然而她们的殷勤都是机械式的，她们的慈悲都是虚伪的，绝没有如妹妹那样对我的赤诚之心。总之，她们的一切都不及你和你的心的虔恳，所以，我不需要她们，我只要我的妹妹。

亲爱的，你来看看你的安吧，我仿佛饥渴一般地对你有着一种急切的需求。你来了，我可以得到你无限的安慰外，同时也可以使同室的病人知道我并不是个孤零无侣的人，在这个世界上还有一个至亲至爱我的、仿佛西子一般美丽多情的我的洁妹！

这样，我便可以得意地向他们骄傲了！

　　我的洁，我们十几天没有热情地密谈，近来你的身体健康吗？你的情绪安宁吗？你的课务繁忙吗？我为你祝福，望你珍重。现在我因为精神颓丧，恕我这封信不能像前函那样长了！

　　你千万不要忘记，我需要你，我期待你的来临。

　　愿你今日有一个甜蜜的梦！

爱你的安
八月十八日于医院的枕上

只要我俩死在一起

闻一多—高孝贞

我的心肝，我亲爱的妹妹，你在哪里？从此我再不放你离开我一天，
我的肉，我的心肝！你一哥在想你，想得要死！

亲爱的妻：

这时他们都出去了，我一人在屋里，静极了，静极了，
我在想你，我亲爱的妻。我不晓得我是这样无用的人，你一
去了，我就如同落了魂一样。我什么也不能做。前回我骂一
个学生为恋爱问题读书不努力，今天才知道我自己也一样。
这几天忧国忧家，然而最不快的，是你不在我身边。亲爱的，
我不怕死，只要我俩死在一起。我的心肝，我亲爱的妹妹，
你在哪里？从此我再不放你离开我一天，我的肉，我的心肝！
你一哥在想你，想得要死！

亲爱的，午睡醒来，我又在想你。时局确乎要平静下来，
我现在一心一意盼望你回来，我的心这时安静了好多。

（一九三七年）七月十六日

　　贞：

　　此次出门来，本不同平常，你们一切都时时在我挂念之中，因此盼望家信之切，自亦与平常不同。然而除三哥为立恕的事来过两封信外，离家将近一月，未接家中一字。这是什么缘故？出门以前，曾经跟你说过许多话，你难道还没有了解我的苦衷吗？出这样的远门，谁情愿，尤其在这种时候？

　　一个男人在外边奔走，千辛万苦，不外是名与利。名也许是我个人的事，但名是我已经有了的，并且在家里反正有书可读，所以在家里并不妨害我得名。这回出来唯一目的，当然为的是利。讲到利，却不是我个人的事，而是为你我，和你我的儿女。何况所谓利，也并不是什么分外的利，只是求将来得一温饱，和儿女的教育费而已。这道理很简单，如果你还不了解我，那也太不近人情了！这里清华、北大、南开三个学校的教职员，不下数百人，谁不抛开妻子跟着学校跑？连以前打算离校或已经离校了的，现在也回来一齐去了。你或者怪了我没有就汉口的事，但是我一生不愿做官，也实在不是做官的人，你不应勉强一个人做他不能做、不愿做的事。我不知道这封信写给你，有用没有。如果你真是不能回心转意，我又有什么办法？儿女们又小，他们不懂，我有苦向谁诉去？那天动身的时候，他们都睡着了，我想如果不叫醒他们，说我走了，恐怕第二天他们起来，不看见我，心里失望，所以我把他们一个个叫醒，跟他们说我走了，叫他们再睡。但是叫到小弟，话没有说完，喉咙管硬了，说不出来，所以大妹我没有叫，实在是不能叫。本来还想嘱咐赵妈几句，索性也不说了。我到母亲那里去的时候，不记得说了些什么话，我难过极了。出了一生的门，现在更不是小孩子，然而一上轿子，我就哭了。母亲这么大年纪，披着衣裳坐在床边，父亲和驷弟半夜三更送我出大门，那时你不知道是在睡觉呢还是生气。现在这样久了，自己没有一封信来，也没有叫鹤、雕随便画几个字来。我也常想到，四十岁的人，何以这样心软？但是出门的人盼望家信，你能说是过分吗？到昆明需四十余日，那么这四十余日中是无法接到你的信的。如果你马上就发信到昆明，那样我一到昆明，就可以看到你的信。不然，你就当我已经死了，以后也永远不必写信来。

多

（一九三八年）二月十五日

贞：

在昆明所发航空信想已收到。我们五月三日启程来蒙自，当日在开远住宿（前信说在壁虱寨，错误），次日至壁虱寨（地图或称碧色寨）换车，行半小时，即抵蒙自。到此，果有你们的信四封之多，三千余里之辛苦，得此犒赏，于愿足矣！你说以后每星期写一信来，更使我喜出望外，希望你不失信。如果你每星期真有一封信来，我发誓也每星期回你一封。

在先总以为蒙自地方甚大，到此大失所望。数十年前，蒙自本是云南省内第一个繁荣的城市。但当法国人修滇越铁路的时候，愚蠢的蒙自人不知为何誓死反对它通过。于是铁路绕道由壁虱寨经过，于是蒙自的商务都被开远与昆明占去，而自己渐渐变为一个死城了。到如今，这里没有一家饭馆，没有澡堂，文具店里没有糨糊与拍纸簿，广货店里没有帐子。

这都是我到此后急于需要的东西，而发现它都没有。然而有些现象又非常奇怪，这里有的是大洋楼，例如法国海关、法国医院、歌胪士洋行等等，都是关着门没有人住的高楼大厦，现在都以每年三两元的租金租给联合大学做校舍了。自从蒙自觉悟当初反对铁路通过之失策，于是中国自己筑了一条轻便铁道，从壁虱寨经过蒙自与个旧，以至石（屏），名曰壁个石铁路（我们从壁虱寨换车来到蒙自，便是这条铁路）。但是蒙自觉悟太晚了，它的繁荣仍旧无法挽回。直到今天，三百多学生，几十个教职员，因国难关系，逃到这里来讲学，总算给蒙自一阵意外的热闹，可惜这局面是暂时的，而且对于蒙自的补益也有限。总之，蒙自地方很小，生活很简单。因为有些东西本地人用不着，我们却不能不用的，这些东西都是外来的，价钱特别贵，所以我们初到此需要一笔颇大的"开办费"。但这些东西办够了，以后恐怕就有钱无处用了，归根地讲，我们住蒙自还是比住昆明强。

前天经过开远的时候，遇见殷先生全家新从海道来，往昆明去。殷太太当然问起你，殷益蕃和他们大妹望着我笑，虽然没有说话，但我明白他们心里是在说："闻立鹤、闻立雕呢？"余肇池先生现在就住在我隔壁，余太太和他们全家住在昆明，大概不搬到蒙自来，反正蒙自到昆明，快车只一天路程。张荫麟在昆明，他太太住在香港，暂时不来。汪一彪在昆明，太太快来了。此外一时想不起，就住在我隔壁房间的讲，陈寅恪、浦薛凤、沈乃正家眷都未来，但也有租好房子，打算接家眷的，如朱佩弦、王化成等是也。

问你安好！

（一九三八年）五月五日

寄给你，我所知道的美好

林君—绢　尧庆—芬　坤—薇

爱的旅途太长了，你看前面多么亮，我俩携着手去吧！

绢妹，我的爱：

　　如在梦里一样的又过了一个月了。是前信发出的第二天吧，我心里郁闷得很厉害。我一个人跑到白鹭洲去，我在我俩曾经一同吃过茶的地方，徘徊地流连着，凝神地回忆着：那是一天下午的事，我俩很亲密地诉说着各人愿意听的话，各人弹出心弦的幽鸣……我那个时候，觉得非常骄傲，非常满意，才开始觉得享受到人生的真意味。您也许也认为我是您最亲爱的人吧，您看您连上厕所也要我陪您一道，您可记得吗？您叫我回到吃茶的地方去拿钱给那个看守厕所的妇人呢。而后我俩挽着臂，走到火车站坐上火车，您把头倒在我的肩上，表示您有点儿倦意哩！这些都很清楚地在我脑海中一幕幕地翻演着，是永远不能磨灭的记忆！而后我终于顶着一个昏沉沉的脑袋，抱着一颗沉痛的心回来，当天夜里就发了一夜的热，幸而第二天早上就好些。

我的心绪非常凌乱，分明就有痛苦的刺激，却偏偏要找这种痛苦的刺激。在上个月月底的一个下午，我在我俩一同坐过三轮车的地方，照样地坐了一辆三轮车，我的手找不到一个腰肢来拥抱，我只是单独地一个人跑到莫愁湖。到了那里，我郑重地踏着我俩曾经踏过的每块路砖，我也曾傍依着我俩凭依远眺的栏杆，我也曾坐在我俩相偎着并坐过的那个石凳上……现在，唉，再不能重温着那时候的旧梦了。只有……只有那满腹的悲哀、满眶的酸泪，在这样满目凄凉的地方，焉能"莫愁"？

也在上个月的月底吧，我又跑到灵谷寺去了。在禅墓西边的那个四方亭子东面的石栏杆上，不是曾经有过我们笑语盈盈的时候吗？而今郁森森，幽幽深谷，寂寂无声，一切一切都像死了一般的静寂。我不敢走进那座亭子，更不敢坐到那条石栏杆上去，我只在墓前的石岩上坐着，对那边凝望着，凝望着，好像那边有一对青年男女在那里kiss着，早忘了那是我的错觉，我脑海里又在演我俩在那里表演的一幕了……不知道几时有另外的游客到了我幻想的图画里来，向我投上一个奇异的眼色，这个眼色使我感觉到万分痛苦，正和我俩从前在这亭子里的时候，游客们投上我俩一个赞叹眼光，使我们感觉到万分甜蜜的那种意味相反，使得我只好踉跄地离开那边，带着一颗创伤的心踏上归途。

当我每次坐车或步行经过中山东路我俩曾经在那边吃过东西的一个馆子门口的时候，我脑子就会想到那一幕，极其绸缪的一幕：我记得我俩特别地找了一座没有客人的楼上坐下，原是一人坐一方的，您把我拉着和您同坐在一道，您把您那当时富有肉感的腿架在我的腿上，极有弹性的酥胸贴着我的胸，圆莹的粉臂搂住了我的头和腰，热烈地拥抱着、狂吻着、吮吸着……楼梯响了，我们恢复常态。小二走了，我俩开始吃东西，您拣了给我吃，我拣了给您吃，并且我俩不用筷子"给"，当然代替筷子的不是手，而是嘴唇了。我就在那温柔乡里陶醉了。现在我没有甜蜜香郁的回味，只有比黄连还要苦的、使我肝肠寸断的惨痛！

玄武湖那边我也曾去过几次，在那里划过船，但是孤单单、凄冷冷的一个人在那里划着船或躺着，那迟缓而笨重的动作，只觉得有无限的凄凉划进了我的心头，污辱了我的心灵。我好像做了一件大不道德的事情而感觉到羞涩、愧赧！当双双艳影从我眼前经过的时候，我觉得心里隐隐作痛，我简直非常地嫉妒他们。我记得玄武湖是我俩常去游玩的地方，在那碧荷深处、绿柳荫下、小桥头、流水前、蔓藤甬道中、八角亭石凳上……在哪个风景点都会有我俩的双双倩影，也曾给人发现过有我俩笑语的声音和相亲相爱的表情。在那"淞沪抗战阵亡战士纪念塔"的地方，我俩拉着手，由"浩气长存"的牌坊下，拾级上去。在那碑的后面，水泥建筑的短围墙边，我俩商谈着我要送您、您要送我回去的问题，并且在那边树下，您经不住我的要求，唱了一点《贺后骂殿》，那是多么美妙的声音，我觉得耳朵里到现在还是余音袅袅呢！

在那边竹林中，我俩坐在藤椅上，深谈我们的处境及将来的计划。就在那边，您曾恳切地答应了我不使我痛苦而现在更使我痛苦的允诺，并且您真挚地表示愿和我有结合的一天。但是，现在觉得这些话都成了不兑现的"空头支票"了！在那边的楼上，一个夜晚九点多钟的时候，我俩喝着酒，吃着饭。您欢喜吃鱼，我还特别地叫了一盘大草鱼，可是因为没有现货而改了别的。对于这件事，我到现在还觉得抱歉。您可记得了？有一次在"夕阳无限好"的黄昏里，我划荡着桨，您唱着歌，我俩谈着、笑着，船"吱吱"地向前行着，当别的船由我们这边擦过的时候，谁不羡慕我俩是"神仙眷属"呢？有一只船上的人说我俩"热度相当的高"！我没注意，您在那里笑，我问您，您这样地告诉我说："岂但热度高吗？简直要烧起来了。"我俩同来一个任情的欢笑。就在那一天，您听说我要和您小别，您说您要在我临走的刹那，唱一曲《秋水伊人》给我听。谁知那个所谓"小别"，恐怕要成为今后的"永别"了！

我自从末后一次从湖上归来，就开始生病了，但并不重，热度并不十分高，可是饭吃不下，睡觉失眠，四肢无力，头整天地在昏晕着。到上个礼拜，病就加重了，我心里万分难过，我想我就是死了，又有谁能知道我为谁死的呢？家兄强命我医治，医了一个礼拜而到今天，病势已退，病犹在！今天想起来又到我写信的日子了，所以扶病伏在病榻上写一封信来给您，现在我的热度又渐渐地高起来了，我心里在开始怔忡着，呼吸又颤抖起来了……

这里要告诉您的就是：假若我的病能好起来的话，在下一个月的今天以前，我要为我哥哥竞选的事而回到故乡去帮忙，恐怕不能如期有信来。假若因为病还未离开这里的话，只要我能写信，我总会写信来给您的。

再会！

您曾经热恋过的林君写

芬妹：

那晚承蒙你的送行，非常感激，并且你那一句鼓励我、激励我的话，愈使我精神上觉得十分兴奋。现在我已很平安地到达前线了，请你不必挂念吧！生离死别本是人生最痛苦的事，但是我们这次的离别却有些不同，我没有一线悲哀和留恋，而且还感到十分愉快。是啊！在这国难方殷的时候，我们还能终日陶醉在粉红色的迷梦中吗？只有投军前线为国效劳，才是我们目前应有的责任，在这强权即是公理的世界里，只有反抗、战争才是我们唯一的出路。

看吧！那侵略者的铁蹄已踏入了我们的疆域，同胞们的热血已洒遍了我们的国土，残酷的杀戮已将轮到我们的头上来了。与其过后悲哀，莫如及时努力吧！

现在我的心在跳跃，我的血在燃烧，没有感情，没有幻想，但等那一声战号，我即拿起了长枪和利刃，跨上那怒嘶的征骑，冲锋陷阵，与那践害中华的敌人做最后的抗争，替我死去的同志复仇，为我中华民族扬眉吐气。如果我是葬身在那枪林弹雨之下，那么我也是为国家争光荣而死，为民族求生存而牺牲，这死，是多么伟大、多么地有价值啊。

芬妹！我不希望你时常地想念着我，因为现在我已是一个只知有国不知有家的战士了。你再看在那冰天雪地中的正和敌人浴血争斗的同志们，他们哪一个不是他爱人的情侣呢？时代的轮子已在启示着我们，只有伟大的牺牲，才能获得最后的胜利。

今后，你应该抛弃你无意识的享乐，抛弃了那纸醉金迷的热情，赶快地振作起来，负起你应负的责任，为国家尽一份力量，莫学那《红楼梦》里的林黛玉那般的痴情。我希望你有花木兰替父从军的志愿、梁红玉助夫杀敌的精神，在这新时代里，你应该做一个新时代的姑娘才是。

好了，再会吧！当你听见我们奏着胜利的凯歌时，那就是我荣耀而归的时候了。

祝你努力。

你的爱友尧庆
三月十四日写于前线

薇妹：

六日晚间，接到你邮来的书，好像有无限的安慰含在里面，但更使我惭愧，自信我绝对不是落伍的人儿，同时更不是十九世纪的我。薇！你相信吗？在长长的过程中，我总是慎重地不肯向你谈爱，深恐那一朵鲜艳艳的花，凭空添了污痕。妹！你也有同样的感觉吗？在以前虽然没问你……但我相信，已把那初恋的阶段做得尽美尽善了，现在表面上我们彼此好像即将恋爱，实际早已迈进了第二个阶段。昨天接到了你邮来的书，看到了后面附着的你那清秀的字迹，我知道我们中间像是有一朵艳艳的花苞，已被姗姗的春神吹开了，你看花儿多么美丽，我愿你永久地开着。

现在虽是春天，但有时冷起来好像初冬。薇！你的玉体，要特别保重啊！

祝福安康！

永久爱你的坤草
四月七日

坤哥！我最爱的：

你的信在早晨被妈妈接到了，她没有看，便给我啦！赶忙着把信封撕开，见了你那雪白的信纸、整齐的字儿，不禁在心内暗笑，高兴极了。你的信中谈的意思，也正是我的感觉。哥哥！我永久地爱你，我的身体，我的……全属于你了。哥哥！你能满足我的心愿吗？上次的那本书，我是和你开玩笑，你生气吗？原谅我吧！

爱的旅途太长了，你看前面多么亮，我俩携着手去吧！

以后的谈话机会很多，我不再写了。母亲问我，你为什么不常到这里来呢？坤哥！你替我答复吧。

祝你春安。

你的妹薇
四月八日晨

我吻了一朵温馨的玫瑰

韦狄—琉璃　罗维—莺歌　良—芸

落日那样娇美，江上的轻烟那样神秘，钟声那样悠长……
爱的心境是那样的陶醉啊。

琉璃，我的爱：

昨天的欢乐如桌上桂花的芳香一样，到现在，仍萦回在我的神经里。

琉璃，我的爱，我对你有抑不住的热情，这热情是我从来没有显示过的。在我生命途程的过往，有如蚯蚓爬着黑色的土，没有光明，没有芬芳，没有甜美。自有了你，我有了生命的意义。琉璃，请让我情感奔放地倾吐我难于抑止的心语吧。我从来没有想到会这样爱一个人。我的寂寞灵魂得了启示，由于你，你的最高的美丽，你的呼吸，你的温情一一显现。啊，琉璃，我不得已地贪恋着昨天的甜美……昨天，请恕我固执地要吻你，但在那一刹那，你终于感到了我的嘴唇的颤震的那一刹那，啊，你的嘴唇也是那样的颤震呵。在每一颤震里，显示充溢了无限甜美的自由欢乐，不可抑止的内在的爱之灵感。琉璃，我是需求着，我是需求着。

在这世间，我是孤独的。我的灵魂如古刹的修道士，在暗淡的烛光下，对着自己的影子喃喃私语，木鱼的声音凄切得像一个寻找灵魂的人在黑夜里的履声。然而，如今我幸福了，有如草儿见了春天的太阳。琉璃，在这世间，我吻着了一朵温馨的玫瑰，在这片沙漠上啊，我寻得了一勺甘泉。甘泉，世间有比它更美的吗？当它流动的时候，当它静止的时候，啊，那是你的眸子，那是你的灵魂……那是我所渴求的，而我吻了它。在这世间，我成了最幸福的人，我的灵魂融和了它的甘美！

琉璃，你可能允许我吗？接受我贡献给你的我的这一颗爱心？

爱你的韦狄

莺歌妹妹：

"莺歌妹妹！"是的，我应该这样亲切地称呼你。

在白日，在梦中，我总怀念着你，那如许多行的诗句，溜过我的心头。爱的生活是甜美的，我铭刻在记忆里。莺歌妹妹，永远永远，我不能忘却你，我不能离开。我不断地忆念前天外滩公园的散步，我挽着你，在太阳下，在树荫下，在黄浦江的旁边，我们的步伐轻曼而整齐，随着两颗甜美的心之律动而起落，我觉得幸福、美丽而且骄傲。

落日那样娇美，江上的轻烟那样神秘，钟声那样悠长……爱的心境是那样的陶醉啊。

电灯如都市的眼睛，在暮霭袭来时启明，我们走入都市去。莺歌妹妹，爱情要沉醉，爱情要找寻狂欢；爱情在静默中养育，爱情也在动的生活中长成。对吗，莺歌妹妹？我们在公园的静默中，养育了爱情，在 majestic①的 jazz②音乐的狂欢中长成了爱情了。

呵，莺歌，那夜里，那个坐在我们邻旁的座位上的美国人，他是多么注意着你啊。我气极了，他为什么向你笑？他以为我不知道呢，不是吗，莺歌妹妹？不过，你实在太美丽了，谁都应该对你敬礼。而我以热诚的心爱你，不单爱你的美丽，更爱你的灵魂，你美丽的灵魂与人格。莺歌，你睡了吗？月儿这样好，我对她凝望了很久。记得小时妈妈说月光照了脸，脸便会由白转黑的，月光照过的脸便是永远黑的了，我想我的面孔皮肤的黑色恐怕就是月光照了的吧？因为我太爱看月光了。清幽、洁白、美丽，她的淡淡的光烁，有如情人的幽思，给灵魂一种银色的梦幻的情调。

你也看月儿吧，莺歌？

晚安，愿你在梦中能接到我的热吻。

罗维
六月七日深夜

① 雄壮的。

② 爵士乐。

芸姐：

　　我亲爱的芸姐！秋风肃肃地吹落了马路旁法国梧桐的黄叶，有人说："秋天带着凄凉和苦闷，又到人间来了，人们将在它的怀抱下，表示悲感！"可是芸姐！我因为刚是"青春时期"中的青年，理智抑制不住情火和色狂，我并不感觉秋天是怎样一个凄凉的季节，只要姐姐答应我一个小小的要求……

　　芸姐！虽然爱情多少要靠几分物质上的助力，但是只要我们俩志气相投、信仰一致，这便是真诚自然的爱啊！更不是一般纨绔子弟的新主张——专门抱一种肉欲主义，以金钱的诱惑，摧残着天真纯洁的女性，蹂躏着意志薄弱的处女。啊，这是多可怜的！芸姐！你相信吗？我丝毫没有一些肉感的念头，我对你的爱是一种精神上的爱，唯有精神上的爱，才是最能永久呢！

　　芸姐！我们的躯壳是紧紧地相贴着，灵魂更熔化在一只炉里，我的心就是你的心，换句话，我的爱情已寄托在你的灵魂中，而我的灵魂也就有了归宿。芸姐，情火点燃在我俩的心中，我满心都觉得甜蜜而温暖了，但是姐姐，给我达到一个美满的结果吧！

　　由恋爱而达到结婚，这是个美满的结果。啊！芸姐！如果你能和我结婚，那我一生的心愿就遂了，我整个人将由你处置，就算你要吃我的肉、喝我的血，我一切都不管，无论如何我愿意给你做一只驯服的羔羊！

　　啊！恋爱的魔力真不可思议！的确，恋爱的魔力真不可思议！别了没多时，并且常在通信，可是我总感到寂寞，并且精神上常感到不舒服，所以我需要与你同居，需要同居！有了你陪伴，我精神上就会兴奋，便不会寂寞……虽然经验常告诉我不要堕入爱情的圈套里，将来会使我更痛苦，但是爱神常在我面前徘徊，用着妙语来诳诱我，青年人，正适情火畅狂时，当然不能抑止的，然而我也承认我已堕入爱的圈套里，只要有美满的结果。

芸姐！爱情是伟大的，尤其我们的爱情更伟大，如革命一般的伟大，唯有伟大的爱情才能达到美满的结果。芸姐！请你从这伟大的爱情，给我达到一个美满的结果吧！

秋雨洒在青草上，深深地涂上了一层枯黄的颜色。秋风吹进了窗缝，啊！尖锐而带有些寒意了。芸姐！我希望从这大雨中，能得到一个美满的回音。

芸姐！美丽的青春是人生中最珍贵的一页，我愿你不要放弃它，更愿你不要放弃我对你忠实的爱慕！

热恋着你的良于八月二十日

寄个长吻给我的爱

诚远—知秋

你的睫毛细而长，最美是在晨光里，你在我怀中欠伸着，
将醒未醒的时候，那两副睫毛微动呀！

知秋：

　　此时船快到九江了，我的身子已在离你数百里之外。离你愈远，而我念你之心愈切！这时正是黄昏时候，我独自倚着船栏，落霞熏红，醉人欲狂，此时若有你并倚着同看落霞，天地当另换了一种颜色。

　　去秋我俩溯江而上，那种过去之残影，想必你还记得？最使人不能忘记的，就是你婀娜的身材。穿着白衣裙的你，飘飘然，临风飞舞，在甲板上闲步的旅客，谁不注视你？谁不思慕你？又谁不欣羡挽着你手臂的我？

　　那时你被人家看得不好意思了，挽着我跑到船头去。我

俩同站在船头，看船头激着的浪花，开着千万的花朵，你说："我俩跳下去吧，葬在浪花中，岂不痛快而有趣！"我当时掩着你的口，怨你想得太悲观了；此时想来，还不如死了痛快，相搂抱着同死在海里或江里，任鱼虾吃掉，总比在世上被人们恶毒地轻视好些。

我们自杀，并不是想做烈士，或是忠于某种主义，是自认在世上奋斗失败了，自认是弱者，自杀而死，倒也痛快。

写到这里，我又想回来了，我们怎能死呢？我们只能在中国做人么？只能在中国生活么？除中国以外，没有世界了么？世界还大得很呢，世界上总有容得下我们的地方，我们要在那里好好地生活着，我们不是说过"我们不但是要'生'着而且要'活'"么？

我们还有很长的一条光明之路哩！我们都得努力！

我们都自慰而互相慰着！

最令我不能忘记的，是你美丽的睫毛，你的睫毛有特别的美，令人不能不见而发狂！你的睫毛细而长，最美是在晨光里，你在我怀中欠伸着，将醒未醒的时候，那两副睫毛微动呀！掩护着惺忪媚眼的睫毛呀，我歌颂你的美丽！我讴歌你的伟大！

此时船中杂乱起来了，因为快到九江了，旅客们都忙着拣他们的行李，这是刻板式的现象，我想人生的旅路就是这样了——

忙着拣行李，忙着下船……

人生就是这样了。

"这是为着什么？"无论谁都不能回答。

要赶着到岸上发这封信，不得不就此搁笔。

敬祝我的爱平安，并寄一千个吻给我的爱！

你的诚远，九江舟次

知秋，我最爱的人：

在九江所发的信，想必已读过了？

信发出后，我后悔了，里面的话实话得凄怆，使我的爱心里难过。

这实在是一种孤愤，被社会压迫得而索然离群的孤愤！

无论旧社会怎样地束缚我们，我们自行地解除好了，自行解卸那个手铐脚镣好了。哀求他们是无用的，你无论如何地哀求他们，他们将不来理会你；你稍一反抗，他们骂你是叛徒。把他们打倒在地，这是强者所为，也许我们做不到；我们私自自行解决，走到他们威权所不及的地方去，这是可以的。

我们做不到强者，也不要做一个弱者呀！

我俩先前都走错了人生路，现在中途觉悟了，马上折回头来，走我们所应走的人生路。

我们的青春正在蓬勃地生发，美好的梦正长呢，我们开始努力创造我们的新生活。

将这一瞬间的感想，匆匆地写给你。

遥祝我们的爱长青！

我们共同的新生活早日实现！

你的诚远，安庆舟次

我夜夜梦里的知秋：

昨夜七时，船到了安庆，乘客如潮地涌下去，又如潮地涌上来，上去下来，下来上去。我持着寄给你的一封信，也挤入人海里，走到了邮局，发了信，独自走上了酒楼，叫了一碗你欢喜吃的炒三冬，和一碟黄鱼，喝了一个大醉，回船时船已快离码头了。

我梦中仍然在汉口的旅社里，精致的房里，电灯发着灿烂的光，我躺在洁白的床上，木棉枕头是如何地软适！微醉的你，散发披在肩际，穿着淡红的浴衣，斜倚在我的身上，我要摸你，你说怪痒的不要我摸，要我吻着你睡……香烟烧着了我的手指，我痛醒了，原来是——梦！

呵，我的爱，梦的回味的甜适，我现在才切实地感到。

知秋！我一年前寄给你的短句，现在忽然地记起了，但前面大半忘了。——

> 自你走后，
> 怀中不似从前的温馨了，
> 但依稀地仿佛见你的鬓发。
> 静夜，
> 海上浮着明灯，
> 疑为汝之美眉。
> 明灯下！——
> 漾漾的光流，
> 疑汝盼我而泪流。

那时独住在吴淞的海滨，一个黄昏里，我独自对着海上的灯塔，因幻想而作此诗。

昨夜的情景，又如往年，我的人儿呢？我的人儿呢？酒醒后，在船边独坐，船外一切都是漆黑的，那时万籁俱寂，冷风吹来，不禁身世之感。

写此信时，天刚发白，我要去睡了。

就此——给我的爱十万八千个长吻！

你的诚远，芜湖舟次

我日日思念的知秋：

九江、安庆、芜湖所发各信，想皆可收到了？

这信里不说那些闲话。我先将我俩今后生活的计划，具体地说一说：

此次我是决意接受上海 S 中学的聘书了，又兼在 R 产科专门学校教书，我决定送你到 R 产科专门学校去读书，学一门有用的技能，自护而兼救人——你又要骂我脸厚了——你说好么？

我到上海后，先在我俩来往远近适当的地方觅一房屋，组织一理想之家庭，家具务求简单而适用，无线电与钢琴是要购置的——这是高尚的娱乐。

每天早上，我出去教书，你去求学，黄昏归来同享一精美的晚餐，以驱散一日的疲劳；餐后，同出外散步，或在公园里，或在幽静的马路上，回来之后，同时预备各人的工作。

——这不是一个美满的家庭么？

我俩将做一个美满的家庭的创造者。

我们不是绝对节制生育，希望一男孩与一女孩，如果没有小孩子，也不失望，有也不拒绝；如超过两个小孩子以上的生育，那我们是要敬谢不敏的。

至于家庭经济的处置，虽然不希望储蓄致富，也要量入为出，失业时，不致受物质上痛苦。

——这是我组织家庭的具体计划，你如有不同意的，望来信纠正!

我写到这里，乐得不顾多写了。

待到上海时，再给信与你。

给我的爱十万八千个吻!

你的诚远，南京舟次

知秋:

来上海后，忙了五日，已建立了一个符合前信计划的家庭，别的不多说了，总之，都是很美的。

有一值得报告你的，是那张精致的床，全是铜铸的，黄得可爱，两面床栏上，各有一面椭圆的镜子，上端又各装了一盏电灯，是用的水红绸子的罩子。每天晚上，我俩倚枕共看一本好的文学书籍，镜子里，映着我俩双双的丽影，你合意么? 我的爱!

望你接信后，确定日期动身，来电告诉我，我届时来江边接你。

匆匆。

你的诚远，于 S 中学

愿再尝尝爱情的美味

朱湘—刘霓君

后来我要摸你的手，我偷偷地摸到握住，你羞怯怯地好像新娘子一样，我当时真是说不出地快活。

霓妹妹我的孟母：

正月初六的信同相片收到，我真说不出地欢喜。你那封信写得真好。我以前要回国，并非为了对你疑心；你知道的，我向来不曾疑心过你。你信来的时候，我正写信给彭先生说你在上海怀着小东受了多大的苦，我如何地爱你敬你怜你。我自然要毕业才回国，博士大概不考了。我想后年春夏天一定回家，刚好在外国三年，如今已过去半年多了。我回家后一定要好好地作些书，一方面也教书，让你面上光荣，让你同小沅、小东过一辈子好日子。我如今对你同小沅、小东的爱情实在是说不出的浓厚。我一定要竭力地叫你们享点福。我想在外国的这两年把英文操练好，翻译中文诗作英文诗，以后回中国也照旧做下去。这不单名誉极好，并能得到很多的稿费。将来运气好，说不定我要来美国做大学教授，你真要来美国呢（不必向别人说，怕万一不成功，落人笑话）。

你说你肯在梦中来陪伴我，这是再好不过的呀。你是要坐飞机呢，还是要坐轮船呢？都好。从前我听到一个笑话，说一个乡下人听到别人讲世上最快的东西要算电报，他说我的妻子在几千里外，我想看她，不如把我一电报送到她那里去吧。你要是肯由电报打来美国，那更快呀。还有一件事要小心，你哪一夜来美国？哪一夜来美国，要早些时候用无线电告诉我。我到了长沙，你来了芝加哥，那不是反而错过了吗？那张相片我看了说不出地欢喜。说来有趣，从前我是长头发，如今我的头发被剃头的不知道剪短了许多，你的头发变长了，这真是夫妻一对。你的面貌虽然极其正经，像教子的孟母，我看来你的脸还像一个女孩子的，一点不显老。

小沅那调皮的模样，将来长大了一定聪明的。你看他那像是笑又不像是笑的嘴，抬起来的眉毛，真是一个活泼有神的样子。将来小东你们三个一定要同照一相再寄给我。我回家后要好好教小沅、小东读书，我决定自己作些书给他们念。小沅很胖，我很欢喜。小东你务必请奶妈，不然我一定不依。我本想早些回家看你同小沅、小东，不过我在罗伦士学校白念了半年书，来芝加哥，因为是很大的大学，只插进了三年级，要两年毕业。不过我想自己译些中文诗作英文诗，只好等后年春夏天再回家了。这两年半让我们多通些信，好容易过去些，你的信里可以多讲些你自己同小沅、小东的事情，好让我看着快活。你住在万府上，是暂时的事情，如若我们自己的房子这半年之内能够搬进去住，那是最好的，不然还是照我前面说的办法进行为要。你住在万府上究竟是怎样一个办法，我很想知道。我这就写信给稚壮。不过信内说不了多少什么话，要等你回信后，我才能详细地写信给他。住在亲戚家里，如若他们不肯收房租饭钱，那是绝不可以的。另有给憩轩四兄同季眉姊夫的信。上海的钱你一收到就写信告诉我，省得我记挂。

沅
三月七日

我爱：

　　小东要雇奶妈，早就已嘱咐过了，不必再提。小沅定名叫"海士"，因为他是上海怀的，"士"就是读书人，"士农工商"的"士"。从前孔夫子说过一句话，叫作"仁者乐山，智者乐水"，意思就是说，慈善的人爱山，因山是结实的，聪明人爱水，因为水是流动的。小沅是海水旁边怀的，我替他起个号叫"伯智"，就是希望他做一个聪明的人，"伯"是行大。聪明的人同尖巧的人不一样。聪明的人向大地方看，尖巧的人只看小的，尖巧的人只是想着害人。小东定名叫"雪"，因为你到北京，头一次看见雪，刚巧那时你便怀了小东。并且雪是很美的一件东西，它好像一朵花，干的雪你仔细看一看就知道它是六角形，好像一朵花有六瓣花瓣，所以古人说"雪花六出"。她号"燕支"（"燕"字读作"烟"字一样，不是燕子的"燕"），因为古时候有一座山，叫"燕支"。在北方古代匈奴国的皇后，她们不叫"皇后"，叫"阏氏"（就是"燕支"这二字），便是因为此故。小东是在北方怀的，所以号叫这个。我替你取的号叫"霓君"（这两个字我如今多么亲、多么爱），是因为你的名字叫"采云"。你看每天太阳出来时候或是落山时候，天上的云多么好看，时而黄，时而红，时而紫，五彩一般，这些云也叫作"霓"，也叫作"霞"（从前我替你取号叫"季霞"，是同一道理，但是不及"霓君"更雅）。古代女子常有叫什么君的，就像王昭君便极其有名。说到这里，我可以告诉你一个笑话：从前汉朝有一文人叫东方朔，这人极其好开玩笑。有一天皇帝祭地皇菩萨（这祭叫"社"），不用说，桌上自然是供一大块猪肉了，这块肉（大半是半个猪，或者整个）照规矩祭完神以后，由皇帝下令，叫大官分了带回家去。有一次这位东方先生性子急（不知是不是他的太太叫他十二点钟回去吃中饭，那天祭社费时太多，已经一两点钟了，他怕回去太迟，太太要不依，说他只管自己，不顾别人等他，或者说他偷去会女相好，谈话谈忘记了，不记得回来吃饭了），无论如何，总是他过于性急，不等汉武帝下令，他自己就在身边拔出宝剑来（古人身边都带宝剑）在猪肉上头割了一块就走。后来被皇帝知道了，叫他说出道理，如若说不出，便推出午门斩首（这自然是皇帝同他开玩笑，因为皇帝很喜欢听他说笑话）。这位东方先生毫不在乎地说："我割肉你应当夸奖我才对，为何反来责备我呢？你看我拔出剑来就割，这是多么勇敢！我割的刚好是自家分内应得的，不曾割别人的一点，这是多么清廉！拿肉回去给我的'细君'，这又是多么仁爱！""细君"就是"小皇帝""小先生"，就是说的他太太。皇帝一场大笑，放他走了，并且叫人跟着送一只整猪到他家里去。东方先生的太太自然是说不出地快活，本想骂她的先生一场的，也不骂了。这是提起"君"字，想到的一段故事。以后做文章的人、读书的人叫妻子作"细君"，便是这样起来的。这个故事，我的霓君，我的细君，我的小皇帝，你看这有点趣味吗？我如今在外国省俭自己，寄钱给你，别的同学是不单不寄钱回家，有时还要家里寄钱，你看我比起东方朔先生来，也差不多吧？我想我寄回家的钱，总不止买一头猪吧？

亲爱的霓妹妹，今天上午把三样功课都考了，心放下了。我近来身体很好，望你不要记挂。夏天书已念完一半，快得很，就要秋天了。一到秋天，精神更好，等阳历十一月我去找一家照相馆照一张便宜一点的相。你自己身体也要保重，省得我记挂。哀情小说千万不要看了，如若有时闷点，到亲戚朋友家中走动走动。小沅、小东近来都很好吗？夏天里不要买街上零食给他们，最危险，最容易传染病，年纪越小，越要多睡觉。夏天里房中可以常常多洒些除臭药水，这几个钱绝不可省，雇老妈子、奶妈子都要老实、干净，千万不能要脸上、身上长了疤疤结结、长了疮的，那最危险。我接到你六月十二号的信说"你不怪我当初"，我听到真快活。我说的"比方嫖婊子"，是比方，并不是我同某某某有什么不干不净，不过那时候我心中有些对不起你，这是我请你忘记的事情。

永远是你的亲亲沅
七月二十五日

我爱的霓妹：

昨晚做了一个梦，梦到你，哭醒了。醒过来之后，大哭了一场。不过不能高声痛快地哭一场，只能抽抽噎噎的，让眼泪直流到枕衣上，鼻涕梗在鼻孔里面。今天是礼拜，我看书看得眼睛都痛了，半是昨夜哭过的缘故。今天有太阳，这在芝加哥算是好天气了。天上虽然没有云，不过薄薄的好像蒙上了一层灰，看来凄惨得很。正对着我的这间房（在二层楼上），从窗子中间可看见一所灰色的房子，这是学校的，一点声音也听不见，好像死人一般。房子前面是一块空地基，上面乱堆着一些陈旧的木板。我看着这所房、这片地，心里说不出地恨它们。

我如今简直像住在监牢里面，没有一个人说一句知心的话，有时看见一对父母带着子女从窗下路上走过去——这是礼拜日，父亲母亲工厂内都放了工，所以他们带了儿子女儿出门散步。我看见他们，真是说不出地羡慕。我如今说起来很好听，是一个留学生，可是想像工人一样享一点家庭的福都不能够，这是多么可怜又多么可恨。我写到这里，就忽地想起你当时又黄又瘦的面貌来，眼眶里又酸了一下。只要在中国活得了命，我又何至于抛了妻子儿女来外国受这种活牢的罪呢？

霓君，我的好妹妹，我从前的脾气实在不好，我知道有许多次是我得罪了你，你千忍万忍忍不住了，才同我吵闹的。不过我的情形你应该明白，我实在是在外面受了许多的气，并且那时一屁股的欠债，又要筹款出洋，我实在是不知怎样办法是好。我想你总可以饶恕我吧。这次回家之后，我想一定可以过得十分美满，比从前更好。写这信的时候，听到一个摇篮里的小孩在门外面哭，这是同居的一家新添的孩子。我不知何故，听到他的哭声，心中恨他，恨他不是小沅、小东。让我听了，我又想到你的温柔，你对我的千情万意。分开了，不能见面，不能立刻见面，说一句知心话，彼此温存一下，像从前在京城旅馆内初见面时那样温存一下。你还记得当时你是怎样吗？我靠在你身旁坐下，你身上面的一股热气直扑到我的脸上（我想我当时的热气也一定扑到了你的脸上），我当时心里说不出地痒痒。后来我要摸你的手，我偷偷地摸到握住，你羞怯怯地好像新娘子一样，我当时真是说不出地快活。

天哪，天哪，但望两三年后，夫妻都好，再能尝尝那种爱情的美味吧。

沅

我爱你，也爱他

淑琴—衡

我现在只希望上帝把我这孤苦柔弱的身体，分配得均匀些，分给我的
两个情人，你们每人管领我的一半吧，我爱的。

我敬爱的人儿：

现在我受良心的苛责太深了，对你对他均觉十分惭愧
呀！……我永远地受着良心的苛责了！我自己实在不容我自
己了！我只想死去，快快地死去！我已经没脸面再见我爱的
人儿了！

我爱的，我不知道为什么这样长久的时间内，竟不明白
地告诉你，我除了要解除旧式婚约以外，还有别的爱情问题。
我爱的，爱情比生命要紧，我爱的他也会常常对我说，我和
他密守着纯洁而不肯放纵的这三四年。我们认识的开始，是
在玄武湖边。呵，江南的玄武湖中，有我和他初见的影子。
我想那影子是永久不会消失了的。记得暑期的一个黎明，我

和我的女友携手偕行，并肩言谈，细碎的声浪和着迟缓的步伐，小鸟儿掠过那些紧闭的街门。晓风吹脸，沁人心脾。信步走出玄武门，陪着女友，坐了一艘小艇，漂泊在绿溶溶的清波里。水面上的金鳞，紫黑的钟山，在清晨的阳光底下微笑。含苞的红莲，还在浓睡。

船儿朝着湖心漂泊，经过曲曲折折的小桥，到了三角亭边。阳光愈高愈热，直射湖面，我便扶着女友，走下小船，静立湖边，观看湖山的奇景。

在近岸的树林里，我们信目望去，似乎有一个人儿，穿着轻便的衬衣，戴着一顶宽檐的高帽，坐在小巧的凳子上，低首绘画。

我是欢喜画的，无论什么画都可使我停留怡神！我便携了女友的手，走上前去，我说："可赞美的雅人！在这样的早晨，来描写湖山的美。可惜我不曾带了画具。""如果你带了画具，确可算湖上一对！"女友取笑地说。我也自觉失言，不觉羞红了脸。

我们羞怯地走近那个不相识的人儿的身边，他，一个脸庞清瘦的少年，抬起头来望着我们微笑了一下，又低下头来继续他自己的工作。他在描绘阳光底下的湖边树林、湖外钟山。那背影的红浓，鲜血似的颜色，他的画笔一笔一笔地涂，我心中的鲜红血潮，就随着他的笔尖飘荡。

待到他完成了工作，微笑着站起，互相问了姓名，我才知道他是南京美专的学生。

归来冷漠的人间，从此有了我和他的爱的痕迹。

我那时正感觉家庭婚约的痛苦，便不自主地被爱神引导着走到他的最亲密的路上去。我们的光阴，一天天地在这信笺上消逝；我们的心魂，一度度地在情海中浮沉；我们的痛苦，一丝丝地在纸面上互相倾诉。

可怜的他，是一个没有父亲的孤儿，家境十分清苦。他在南京读书，完全是自己赚钱养活自己。

然而命运弄人，那年秋天，我的身体渐渐不行了，每宵不能安眠。清夜的钟声，会使我惊骇；黑暗的幻影，会使我心恨。我想：假如我的前途是暮秋，我是花，便应该萎落，是草便应该枯黄了；假如我的前途还是初春，我便应该鲜红地盛开，碧绿地滋长着。

我不担心我自己的病，仍旧住在校中，每天同他通一封信，每星期同他见一次面。我们在信笺中竭诚地恋慕，竭诚地欢欣，然而我们见面的时候，反而静默无语，常常含羞得红了脸庞。

是秋季风光明媚的一天，他约我往游钟山。我的女友多劝我不要外出，劝我该保重身体，然而为了可爱的他，我还怕什么百丈的钟山呢？就是千丈的、万丈的钟山，我也愿意伴他前去。我的生命活着便是为了他，什么牺牲都是愿意的呀！

然而我的病竟渐渐加重了，终夜烧热，饮食全废；月中人影，屋外风声，都足以助我的凄凉怨恨。他的一封封的可爱的信，每天放在枕边，作为我病中的陪伴。病情一天天地重起来，学校当局也强迫我停学回家。我爱的，你想象着吧，那时我和他是何等地痛苦。我以为自己的身体是不会有复愈的希望了，爱的束缚，徒增他的烦恼，就写了一封决绝的信给他，信中大意是说：我的病大约是没有痊愈的希望了，休学归家以后，劝他就当我死了一般，不要再记念着我。

我爱的，哪知道被热情追逐疯狂的他，过了两天竟跑到我家中来找我了，那时我睡在房中，什么也不知道。他见着我的爷爷，说要到卧房来看我的病。我爱的，我顽固的爷爷怎样地骂他，是我所不知道的。他骂走了我的情人以后，还把病倒在床上的我，拍案顿足大骂了一顿。我的病受了那样的刺激，第二天医生来看就不肯开药方了。我爱的，我那时真想自杀！但我眼见可怜的妈妈在床前哭："宝宝呀，心肝呀！我没有做什么恶事，为什么一个女儿也养不活呀！"我听见妈妈的哀音，心中便非常难受，眼中也不住地流下泪来。我因为舍不得妈妈的一个念头，便把自杀的念头慢慢地融化了。后来，我的病养了许多时间，渐渐能够起床，但我因为病后心中抑郁，所以也没有写信给他。

自从到了苏州以后，我的爷爷因忙于工厂的事务，不常回家，我们又开始通信了。我在和他停止通信的时间内，看见他在报纸、杂志上发表许多小说、诗歌，完全都是灰色了。我爱的，我心中对他本十二分亲爱的，所以我又时常用情书安慰他。他，可爱的人儿呀，对于那过去的我们俩爱情的伤痕，竟一句话也不提起，他对于我的爷爷也毫无怨艾之意。

我爱的，当你告诉我你已经失恋了，我为你几夜不曾安睡，时时愿意安慰你失恋以后的心。我是世间一颗情种，我便不忌惮地随处遇着可怜而多情的人，我便不忌惮地尽量地拿爱情安慰他……

我现在自己发现的错误，就是我和你由通信的朋友而至恳切地爱着，拿爱来安慰你，为何不老实将我以前的爱人告诉你呢？我想起来十分懊悔呀！我爱的，请你谅解我吧！

我自己终日终夜地想，旧式婚约问题还不知何日能解决，现在我已无心去记着那些讨厌的问题了。我心中只有你和他的爱燃烧着呀！我为了你和他的爱情，什么贞操问题我也是要打破的了！我希望你不要因为我有他而忧愁，因为你应该爱我一切的所爱，爱我一切的事物。我愿意你和他将来能成为很好的朋友，我来介绍你们。

你的爱人
四月十二日

我至爱的，永远的伴侣：

我这柔弱多病的身体，被两个异性的人切爱着的身体呵！天啊！我十分想珍重着，但如何叫我珍重得起来！

几日来什么东西都不能引起我的注目了，梳头洗脸皆以为多事。我爱的，我现在好比一个"傻大姐"——这是一个由法国回来的朋友告诉我的故事。他说在回国的轮船上遇着一位法国女子，大约因为不幸的恋爱而变成神经病了，真是一个"傻大姐"，逢人称道她的情人。我爱的，我将何处去称道我的情人呢？

今天一起床，还未梳洗完毕，珠儿已经抱了一堆信札和书件来给我了，这时候我几乎要痛哭出来。我想：我在世界上活着便为了这两个情人呀！但是我这样柔弱苦命的身体，如何能接受那般热烈的爱呢？我现在只希望上帝把我这孤苦柔弱的身体，分配得均匀些，分给我的两个情人，你们每人管领我的一半吧，我爱的。

你说这两天没接到我的信，我前几天有封很重要的信给你，大约总不致遗失吧！我至亲爱的好人，我们万不得已用书信传达着爱呀，假如魔鬼还从中作梗，我将如何是好呢？好人呀！

我爱的，你千万好好地忍耐着吧！我现在已不知如何是好了，你这样想我呀！我只希望不知何处有顺便的风儿，将我吹到你的怀中去，我天天等待着。

熠生今天已有信来，我把他的信转给你看吧。我刚才已经写信回他，我说：我爱你俩完全是一样，将来失败大家一块失败，胜利大家一块胜利，我是丝毫无所偏向的呀！至爱的，我从有生以来便不曾想到我一世能在这狂飙时代中生活——我羡慕疯人的举动了！

天空的浮云已遮住了太阳，不久也要下雨了吧。我是在潮湿的地方住惯了的，一旦到了长久不得雨泽的北方，心儿也有些干燥了。我正梦想那美丽江南的蒙蒙烟雨呢。

你爱的淑琴
四月十七日

我至亲爱的:

我不知道你收到我那封为难的信没有?爱人呵,你还不给我回信么?我是怎样地等待着我爱的福音呀!

我们成熟了的热烈情感,我们虽然没有见面,我们的心中不是天天焦急么?我们已经十分了解的爱情,我们万不能再有意见和猜忌了!

我的可怜的人儿呀!你千万不要因为他而心中忧愁吧!唉!我已经不知道如何是好了!这两天,我已经不能珍重我自己的身体了。我想着你,想着他,想到无可奈何的时节,只有走到后园树下去流着清泪,感叹我自己的命运。

我的好人呀!我终究要为你所爱的。我的心,我的灵魂,我的血,我的肉,没有一点一滴不愿为你所爱的呀,我的好人呀!你还要我怎样?你要我怎样,我是很愿意怎样的。我爱的人呀!

你千万不要为了他而忧愁,千万快写信来,你千万珍重自己,你能珍重,我便不痛苦了。

想你的人
四月二十六日

我爱的衡:

我的确是为难着呵,心绪也十分混乱了。今天熠生有信来,说是南京基督教有一位国文教员回家病故了,要请一位代课的人，于是便将我介绍去了。每日教两三小时课，是有闲暇自修的。而且每月五十几元，零用也够了吧。金陵是我旧游的地方，我有很多认识的女友在那里，并且六朝的名山胜迹，我已经阔别多时了，极想去游玩一周呢。江南天气，养病也是适宜的。

我已经去信告诉熠生，两星期以后到南京，现在功课只请熠生暂代着。但我是否能够去呢？去又如何舍得你？我自己十分为难呀！

你替我找的事要下学期才定，这悠长的几个月如何过去呀！爷爷下月是要回家一趟的，回家大约也只能住半个月。我离开家庭只说去就医，妈妈是已经答应了，因为她知道我的病在家中一定愈住愈坏的。我想在爷爷回家以前就走。我的确舍不得你，一个真情的刚才失恋的人，我如何可使你痛苦呢！我十二分地为难了。

我至亲至爱的，我只看到你前次的信上用维特来比你自己，使我的眼中含了极辛酸的热泪了。维特的结果是怎样可悲呀！我绝不能使你到那种地步，我绝对能像绿蒂般地忠于阿伯尔，你放心吧。

你爱的苦命人
五月七日

爱是如此伤人

恒伯—德庆—若梅

在这个人类社会中，一个女人爱了两个男人，又在同一时候，
是无论谁都不能了解的。

❤

德庆，我的朋友：

写这一封信，真是我生来第一次感到写信的艰难，愿你
相信我这样说。我是已经写过好几张信纸了，都写得不如意，
便又扯碎去。我希望从这张信纸起，能让我抑制住心的创痛
的波动，能细细地平静地说出我所感受的、我所该说的，而
同时也希望这封信不会使你看了又重新伤你的心，能不增加
人的内心生活的扰乱，这便算天降福给我，不致在你面前重
获一种罪过。

什么人说过："已有的，永远不能再有了！"这句话借
用于我们二人的友谊上，的确是一句警语，这是万分不幸和
可惜的。但从你的前信所说，我能不伤心地觉得我们二人的

亲密关系已成为使人叹息的回忆了吗?

自然,一切的过错都在我一个人身上,我不撒谎,但是应该怎样呢?不消说,我愿意受第一的惩罚,因为我造成了如此可悲的局面,我受第一的处罚正是应该的。朋友,你处罚我吧,无论怎样处罚我都行,除了你,在这世界上便没有第二个人能有这样的权利。

其实你已经恨我,恨至透骨,这就是给我的惩罚了——在这恨之中,不是么?我们昔日友爱的影子,绝不存在了么?但是这惩罚实在太轻,我所愿望的是比这更重的,更能使我感到损失的。你应该在我生命上加以酷虐刑罚,我所造成的事实,是毁坏整个的生活,是使你变成了另外一个人,从幸福的绝顶一直跌到悲苦的深渊去的。

你恨我,我正愿意你恨。但是我们之间,在这世界上,至少是我,是希望着、祷告着能重新得到一种新的了解,也就是,我们应该互相安慰的。

你说我:“纵然一切人都落到无可挽救的死亡中去,你还是有一种独享幸福的权利。”且不说你这话说得怎样刻毒,使我伤心到无从使你取消这话的境地,但在事实上,我绝不是这样一个人间有特别幸福的人。我也是很痛苦的,虽然在你的眼光中,我是站在原先的地位,一团恋爱的光和热显在周围。

倘若你以为我正像一首美丽的诗一般充满了爱情的欢乐,如同你从前一样,这是何等的错误?我实在被那痛苦和悔过陷到很可怜的人生中去了。

　　说起我的心在这事变中所感受到的种种，如果人类的心灵还有着同感，我是值得最冷酷、最无情的人来怜悯的。朋友，说我什么都行，只要不说我是一个幸福者，或者，比幸福者更难堪的比喻，你应该慷慨一点你的仁慈。

　　我自然没有权利来求你，无论求你什么，但是为你自己仁爱，让我真挚地向你央告，你重重地惩罚我吧，惩罚我像一个奸细、一个凶手、一个人类中最有毒的人。

　　你真应该惩罚我的，比你的爱你的若梅还应该，因为我还有许多会忍心瞒着你、欺骗着你的秘密呵！

　　本当在如此的情形之中，能给你一点好的消息才是，但是既然你已经知道我和你的若梅的关系，似乎这秘密是应该告诉你，纵然会使你更怒、更恨、更鄙视人间的友爱，也都是应该说的，因为我不爱在我的心上还余留着一点点骗你的事情，无论这事情该包含的是怎样重大的意义。

　　朋友，惩罚我吧，你这一次把我引到你的家里，见着若梅的时候，我受到了一种异乎一切的新的刺激，忽然心中混杂着不分明的感情，在若梅的眼光中也有着同样的可怕的感觉——这是我们不幸的开头。

　　但是你不要抱怨，甚至于悔不该把我介绍给你的若梅。倘若你要后悔，我应该比你更加厉害。其实这事情如果有一个负责者，那绝不是我和你，也不是若梅，应该负责的是人类中的恋爱，只有恋爱自身才应该负这种罪名。

　　你以为我们三人是这幕悲剧中的重要角色么？不，一点也不。造成这悲剧的主犯虽然是我，但是我绝不是操纵这悲剧的人物，至少这幕悲剧是由别人排演的，我们只是偶然被捉弄罢了。我们是支配于命运的！

所以你觉得一切的不幸是由于我，由于若梅，由于你自己，都是冤枉的。这不幸的祸首只是我们的命运，除了命运便没有这种能力，使我们相识，使我们友爱，使我们有了密切的关系，终于用一种可怕的事实使我们分离。

这是怎样可痛惜的，过去的亲密已完全成为过去了。我对于这损失的哀悼，假使用一个比喻，是超过我忍耐痛苦的能力。在我的心中，恋爱的火焰已不能遮盖我的伤感，我对于往事的叹息昂然过我的密语，也就是恋爱不能使我失掉那纯洁的友谊——我们二人忘形的亲切。

朋友！惩罚我吧，当我不能压制我自己的那一瞬间，在你所爱的人面前说出不该说的话的时候，我参演了这幕悲剧。

假使这悲剧的完成不等于毁坏你的幸福，那么我愿意受命运的捉弄，经过一次恋爱实在值得受许多的损失。但是不幸的事实是你欢乐生活的破裂，幸福梦想的消灭，整个人生的颓败，一种我所最贴心的朋友的死亡使我对于这悲剧有了反感；我痛惧命运，因为它把我弄成罪者。

既然你的一切变成了我的负担，我不敢忽略这责任；纵然不能把你现在的心恢复成幸福的心，也必须设法把沾滞于心上的各种痛苦去掉。

我说过，我没有权利向你做任何的要求，但是为了人类的最高的心灵——不，只是为了你的名字，允许我吧，我要在你的生命上确立我的信心。你永远是我的朋友。

一千句都是这一句话：恋爱不能伤害我和你的友谊，只要这人间还生活着你，便永远有友谊的存在。

唉，相信我吧，虽然这世界上免不了战争，但是我对于最给我意义的你，是始终毫无条件地守着让步的。

你是个最聪明的人，不难看到我的心底最深处的痛苦，而这痛苦只是为你的不幸才有的。

最后你应该稍给我一点仁爱，因为你如果再不答应我前信的要求，简直等于上帝的残忍，我是希望人间还有一个上帝的。

最紧的拥抱给我的朋友。

恒伯
二月二十四日

恒伯，我的好友：

谢谢你，你的信实在应该致谢的。

但是你说我恨你，恨到骨，我并不否认。不过这只是前几天所生的情感，现在已不同了。这时候我不但对你一点也不恨，更不恨若梅，并且世界上的任何人我都不恨的，在我的一切情感中，已没有恨的成分了。

我只有可怜与悲悯，这心情是我从来没有的，但现在在我的生活中却占有伟大的力量，使我用含泪的眼光去凝视一切。自然，我对于自己的生命感到落叶时候的灰色了，好像在人生的道路上已走到最末的一步。

这是何等可怕的哲学：一切都没有意义。纵然那过去的幸福会不时又显出了影子，使我的心从沉默中重新返回到了爱情最热烈的时候，如同真实地又触着了温柔，感到了欢乐，但是这可颂的爱情所得的结局，便立刻使我清醒了，显著地认识到这迷醉的爱情终不过是一种美丽的虚假而已。在互相热烈地醉恋着的爱情之中，如果那销魂的拥抱、那兴奋的接吻、那动心的蜜语和那神圣的誓言都不能成为两性关系的保障，恐怕幸福的意义就根本不存在了吧。

我自然不否认我曾经生活于充满恋爱火焰的眼光之中。甚至我怎样才能够换了另一部神经，不感觉从前的欢乐只是苦恼的符号么？的确，"已有的，永远不能再有了"！人生原来是这一回事，但是我不追思，并不羡慕，并哀悼过去的种种。我只是怀疑，否认那已有的。

无论用怎样的技巧，都不能把事实变成虚构，所以与其说我是失恋，倒不如说我并不曾和谁恋爱，或者说我是冤枉地看见幸福的。

如果我从前的恋爱是直白，是两性欢悦的恋爱，是爆发于灵魂中的恋爱，或者是，这恋爱是生命饥荒的唯一需要，那么我和若梅的结合，当不至于在甜蜜的时期突然离去，如同正在开苞的花朵而无故地萎靡了吧。

既然一个男人和一个女人的爱情并不发生权利之类的关系，这爱情就应该建立于灵魂的城堡中，无论什么外力都不能迫害的，因为不如是，便没有生命贯通的凭据。

我无须撒谎，更不否认那从前如梦的恋爱。我曾经倾心地爱过一个女人，而这女人就是若梅，这也是真实的事。但是恋爱事实的结果，是什么呢？是一个生命的歌颂么？是两颗心融合着而变成一种纯洁的东西么？是一切的生物都显露着羡慕么？是一个虚幻的人生为了两个嘴唇的狂吻而存在于永久么？

自然，我不抹杀那深印于心灵中的种种幸福，我是确确实实曾在恋爱中度过了一个长久的蜜月。如果这蜜月能把我磨炼到最后的一日，就是能让我在这蜜月中享尽了我所享受的这一切，我死去，那么我的一生便等于几个字：一个永远的蜜月。

这应该只归我自己来痛哭的，我所骄傲的恋爱并不是真的恋爱，不是么？如果这宇宙间有最不幸的事，不就是这一件么？凡是一个人在恋爱的生活中，而实际只在悲苦的命运上画了一个美丽的记号，不仅是最可笑的，而且最应该伤心的事么？

因此在这事情的变幻中，一直到现在，我至少是觉悟了，我在一幕短剧中扮演了一个很幸福的角色，所以除了嘲笑我自己太过于认真之外，一切都不怨恨。

我不恨若梅，是真的，因为她和我的恋爱既然只等于一个游戏的公式，那么她现在爱你，无论是否是真实的爱，总之是意料中的。

我不恨你，实在说不得恨，这不必引证许多理由，单在一个男人都有尽他的本能去爱一个女人的权利就够了。

我呢，是不要并且也无须别人的担心，因为我的生既是我孤独的影，我的死也只成为我自己的慈善，属于我的一切只是我一人的职责。倘若我有求于人，也只是求人忘记我，这世界上并没有人和人发生友爱的。

这时候我的一切是安静的，因为一切都离开我，我的心空洞着。

我没有别的话。

德庆
三月一日

德庆：

你一定很惊诧，并且鄙视我在你的面前流过许多眼泪之后又来写信。也许这是一种愚蠢的举动。但是我自己认为，在我还活在这世界上的时候，我都有想念你的权利。你的一切我都应该担心而且负责的，我不怕麻烦你、使你讨厌，因为从你那里得来的一切，都是我的幸福。我记得在一个外国故事里，有一个聪明的女人，还把她爱人的生气作为光荣呢。虽然我很笨，不能使我的爱人快活，不过如果给了我什么，我也知道欢喜，且深深地珍藏于秘密的心中，拼了命也不肯失掉。倘若恋爱的神不单独对我冷酷，就应该允许我是你的爱人，而你的一切都是我的。

其实恋爱的神已经允许过我了，我占有了你，你的一切都是我的，同时又把我的一切交给你。我俩成为一个——什么呢，说是人间最可贵、最圣洁的象征，能算是过分么！

我真幸福啊，这是真的，在白天，在夜里，在单独地或是和你在一块，我的心头都是堆满了甜蜜的。把这心情形容成像喝了酒一样，只是蠢人的比喻，因为这心情是捉摸不定的，比一切艺术都神秘，不能说，只能让她的爱人知道。

不是么？你常常看着我的眼睛便发起狂来。我从你的嘴唇上，不也是清清白白看透了你的心么？你说，我们俩哪一次曾用过言语来表白心事？

但是我现在应该痛哭这不幸了，你忽略了我的心，你冤枉我，甚至于不识我言语的解释，你以为我是骗你的，骗了你的一切。

天哪，爱人说我骗了他，这不是一种奇怪的灾祸么？

为什么我受这样的惩罚？

假使我的幸福不是我的错，不是一种罪孽，我是不应该有这种灾祸的。

我并不害怕这灾祸，如果这灾祸的降临只是为我太过于幸福，那么我就为我值得傲人的幸福来承担、来身受、来就刑，都是心甘的。但是这不幸，我从何说起呢？

你答复恒伯的信给我看见了，我认出是你的笔迹，拆开看。因为我认为你的一切我都有参加的权利，所以我看了你给别人的信，也认为是应该的，何况那信中所说的全是关于我们的事情呢。

唉，我懊悔看了这样的信了。倘若我不看这封信，至少对于我自己是有益的，我不会完全感到伤心。这是什么话，你说你再不会和谁恋爱，我的天，这话是对我说的么？你居然把我们的恋爱抹杀去，也像从玻璃上抹去灰尘一样么？何等忍心的举动！我希望这只是你的愤语，你的恨我所致，或者是你有意使我伤心。总之，不论怎样，只要这句话不是真话，我便死去一千次，也是幸福的。

说起来使你痛苦，使你烦恼，使你怨恨，使你悲愤，我都得负疚的。我应该承认我是加害于你的祸害，如果你要说我不爱你，甚至于把你弃掉，我就宁肯受虐刑惨死也不能承认我不是爱你的，如果你能相信，我愿意用胸脯中最鲜红的血来证明。我不能违反自己，所以在这里又承认了，德庆，我是爱你的，虽然明知道绝不会使你相信。

但是你的这种执见，我能够原谅，因为我很有自省的意识，一切的灾祸，都是从我一人开始的。自然，对于这灾祸你应该诅咒，因为你是无辜的。把所有的痛苦无可旁贷地放到心上去忍耐，只是我自己罢了，我是应该如此的。在这个人类社会中，一个女人爱了两个男人，又在同一时候，是无论谁都不能了解的。

然而我自己却非常清白，我并没有错。这也不是一件神秘的事，一个女人爱着两个男人，如其可以比喻，和一个男人爱上两个女人是一样的。倘若不否认这人间有一种真人性，为什么要把我的恋爱看作罪恶？

我不能承认这恋爱是一种错误。但是为了你爱我，为了你的占有心，为了你的单纯恋爱的观念，更为了你的痛苦，我终于伤心了。

这自然只是爱你的缘故，否则，我无须在你面前解释，把眼泪的点算为伤心的符号。我是尽可以任凭我的自由去肆行我的一切的。我终于又切盼着你的了解，我已经变成可怜悯的人了。

唉，我的德庆，看一看我们从前的幸福，如果我们曾幸福过，你宽恕我吧，不要一意地否认我爱你。

我应该相信，我爱恒伯，这于你并没有损失，因为你需要于我的一切，仍然可以满足的。

我等着你的裁判！

爱你的若梅
三月四日

若梅女士：

信收到，读后，能说出的，只是这一句：我真心地为你们的爱情祝福，西湖的春光正是你们的蜜月！

德庆
三月七日

　德庆:

我应该恨你了——不，应该用怎样的方法，才能够使我不恨你呢？

你称呼我"女士"，亏你写得出。你居然有这种心肠，把人间最冷酷、最刻毒的话加到我身上，一点也不顾惜。你不怕我伤心，自然你不必有这种义务，但是你所做的未免太过分了。虽然你又相信我现在还爱你，似乎也应该为从前的幸福留一些美的纪念。单单为目前的痛苦，就把过去的幸福毁灭去，这是不应该的，我不许你这样！你至少应该把从前的甜蜜日子保留着，因为我是爱你的。

你真是一个奇怪的人，你比礁石还硬，你比冰还冷，所有值得叹息的热情都打不进你的心。你真成这样的人了。

然而你是聪明的，所以才想得到这样的惩罚，使我的心比被处以极刑还苦、还痛，无法解脱。倘若这惩罚能赦免我的罪，能减轻你的恨心，或者能给你一点娱乐的意味，那么我甘心领受这赐予。你果然是这样么？

我知道你，是不会比你自己更少的，因此我原谅你，把我一切野蛮无理的行为都放到变态里面，我认为总有一日你自己会后悔的。我盼望着这一日的降临，慈悲的神应该帮助我实现这一个日子！

现在你自然是恨我的，虽然你自己不承认，但是从你的举动之中，显然你有一种欲望，要把我全身的皮肉在你的愤怒和怨恨地暴动中任你成为碎片的。

如果能给你满足，你把我的全部身体拿去吧，无论你用手、用刀、用火、用什么处置它都行的。

或者你把我的心挖出来，如果你有挖，我是感激你的，因为只为你而存在这心中的痛苦和爱，将暴露在你面前。

其实只要你的眼睛能暂且停留在我心上，你定不如此忍心了。

你以为我现在和恒伯度着蜜月，这真是多么可笑的错误。这几天的西湖固然是春光明媚，然而没有你在我身边，一切春光都是属于别人的。为什么你自己居然放弃这权利？

倘若你知道我不能得到你的了解，因此深陷到最可怕的痛苦中去，发疯似的只盼望着你的赦宥，你就应该同情了。

说到这该诅咒的事变，与其说我害了你，破坏了你的美梦，并且把恒伯的平静生活扰乱了，倒不如可怜我自己，因为我所受到的损失是埋葬了我的一生。

这是我们的事实，你不能允许我这种恋爱，甚至于把我们从前的幸福也否认了。

恒伯呢，他斤斤于友谊的计较，把你的生活作为他良心的准则，因此热烈的爱情便受了道德的制裁。其中最不幸的究竟是谁，不是很明白的事么？

然而你始终吝啬你的同情，你一点也不可怜我，不但不可怜，并且反怨恨我，甚至于要伤我的心，不惜用最刻毒的讥讽口吻。

我不曾料到我的爱人，会变成如此的报应，毒死两个人实在比爱上两个人罪过轻多了吧。

　　然而这人间的恋爱信条究竟是可笑的。恋爱的意义应该不同于坟墓的构造，我们不能在庆祝恋爱典礼的时候而同时敲着恋爱的丧钟。倘若爱上一个人就等于恋爱的终点，那么神圣的恋爱就和资本家的财产是有异样的。

　　恋爱的生活绝不是如此单纯，这正如其他的欲望一样，既然人间肯定了各种欲望都可以达到最多的满足，为什么——多可笑的事——单单不使恋爱发展到丰富的极致？

　　我不窥取革命的口号，然而这"独一"的观念是应该根本动摇的，为全人类的幸福应该这样。

　　唉，现在还说什么呢？一切都显然了。一个奇怪的、可悲的命运使我缄默了，我不该发这些议论。为了平淡生活的安全，我只想——不，我如果能成为一个属于贤妻的女人就好了。

　　现在我很明白地看到自己的境遇，一切是绝望的。纵然我能得到旁人的慈悲，不至于再给我毫无容情的狙击，我的心也完全糜烂了。

　　这是可怕的，一个女人走到无可求助的地步，虽说这女人是一个多情的女人，也不能不激荡着厌世心情了。

　　最后说一句，我仍然是爱你的。

爱你的若梅
三月十日

恒伯：

昨夜读了若梅的来信，我的心曾失去平静。所受的刺激是很多的，但是我不能说什么感想，因为我不能再让我的见解去触犯她的感伤。如果她有所需要，凡我所能给的，已完全给过她了。至于现在还属于我的一切，为了这一番变故，我应该慎重，免得我自己又重新苦恼，我是已经足够苦恼了，所以希望她不要有这方面的观念。

我自信，可以说，我并不是一个自私的人，我曾希望我能够给你们有益的东西，并且对于你们有妨害的事，也曾设法去避免的。我愿意给她一切赠予，但是她要我像从前一样，爱她，而且和她——甚至于连你也在内——过一种共同的恋爱生活，却不能做到，为的我不能违背我自己。

虽然，我并不把两个男人和一个女人在同等的关系上过一样的生活当作稀奇的事，但无论如何，这恋爱实在是一种无法苟且的生活，于我是难堪的。当我一看见她，有时只一想，便立刻在她的身边站着另一个男人，这使我从幸福中看见了一切不幸的。

自然我也是人类中一个最平凡的人，正因为如此，我实在做不出超人的举动，如同看见你陶醉地拥抱着若梅的时候而没有一点可悲的激动。

这是真的，无论恋爱的观念经过多少变迁，一种属于恋爱的妒忌心总是难免的，除非这人类变成另一种人类。其实我的嫉妒已经够薄弱了，否则我就应该给你们一种伤害，或者做一个流血悲剧的主角。现在我必须承认我的怯懦，我不但没有试做古代恋爱的英雄，并且把所得的权利完全放弃了。

　　然而这是不得已的，并非我的意愿，谁能够甘心把他自己的爱人变成别人幸福的偶像？

　　所以我是痛苦的，这痛苦，如果我是勇敢的，我应该和天堂或地狱发生关系了。

　　我活着，在我自己，是一种缺陷的生存，因为我不能遗忘这件事。我唯一希望只是把我自己磨炼得冷酷，只有扑灭一切热情才能够拯救我自己，既然我还要活着。

　　因此我不愿知道任何消息，我愿意把你们的名字和影子一并忘去了，并且也希望你们忘记我。倘若你们能把我忘记，如同忘记日常生活中的一件琐事，这就是你们所给我的唯一福利了。可是人们又偏和我作难：你不顾破坏我们的友谊而和若梅恋爱，若梅又要缠绵着我。

　　这纠纷不等于我的苦刑么？为什么在你们可以安逸而且愉快的生活中非抓着我不可？难道没有我将减少你们生活的色彩？或是我所损失的还不够你们满意？然而我能够损失的不已经完全抛弃了么？你们没有这样需要我的理由。你们忘记我，这是人们应有的权利，何况还是我所愿望的。

　　真的，把我开释吧，假使我这个孤独的人曾触犯了你们什么。真的，开释一个人是千载飞扬的公德，我愿意把这感恩献给你们。

　　所有能说的话都说过了。在这里，我愿意再捧出我真诚的心，祝福你们将来生活得灿烂，我呢，已经是一个不足道的人了。

德庆
三月十八日

德庆：

这是最后的几个字了！

我需要的是赦旨和福音，而你给我的竟是死刑的判决，这不是一切都完了么？

可怜的若梅
三月二十五日

德庆，我的好友：

我本来已下了决心，如你的意思不和你再通消息，然而这封信是例外的，也只有一次，所以希望你不要厌恶。

这时候，是什么话都不必说，说了也无用的，既然解释的结果只是更增加了纠纷，还不如彼此缄默着吧，反正这人类中并不能求得了解的。

不过我应该告诉你，是一件必须告诉你的事，虽说不定你也不爱听：若梅从二十九日早晨出去，一直到现在还不见影子呢。

果然，你用冷淡的眼光看完这封信么？

恒伯
四月四日

我爱的，明年见

碧云—哲明

后来你更狂了！说我的臂和白藕一样，要咬着解醉，深深地咬了一口，

留下了一个深深的齿痕，现在，这个齿痕还宛然在左臂上。

哲明：

人生真难料呵。去年除夕和元夜冷清得难受，今年除夕哩，还是一般的冷清。你新从战场回来，匆匆地回乡去看老母，并且是我劝你去的，你本来预备不即刻去的，我哪能怨你呢？

不过，我的爱，我哪能一刻离开你呢？尤其是在这除夕，四邻的花炮喧天，我独自在厨房里烧着菜，预备和我爱明天度新年的。但是，可惜呵！这美丽的除夕！

今夜，我独自对着炉中熊熊的火，我思忖着，这时你总可到家了。你一踏进你那不和的家庭，还要压下胸中的愁意，和颜对着老母欢笑。

你的那可怜的妻子呢？——她确是世界上唯一可怜的女人！我早想和她做朋友，你总是不肯。她本身并无半点罪恶，她是时代遗弃的人，她在进化的路上，赶不上前面的队伍，先驱都回头讪笑她，她是世界上唯一可怜的女人啊！

这回你回去，她一定用绝望中求希望的双眼偷偷地看你，你一定不肯睬她，她是如何失望啊！

悠悠的，悠悠的，我凝视着火，火焰上现出一个英俊的你来，你呵——你！你招手向着我笑，我伸手过去抱着，抱着，抱着，影灭了……火灼伤了我的手。

窗外的雪越下越大了，明天不知道你能不能来？

给我一个深长的吻……

红的葡萄酒斟满杯，高高地举起，互相祝这——美丽的新年！

我要睡了，冷清地去睡了。

"我爱的，明年见。"

碧云
除夕之深夜倚灯草

哲明：

今夜是元夜，我独自倚着床栏，凝视着炉中熊熊的火，窗外的雪下得很大，世界都另换了一种颜色。我不觉想起丽琳甘许的《赖婚》（*Way Down East*）中的雪景来——这部影片，我记得我俩看这电影时，是如何地狂热，一连看了三次。

夜深了，天际的白雪不歇地涌下来，四处的花炮，断断续续地清晰可听。我想起了你，我们分别一月了，回想去年元夜的景象，不由得人不流泪！哲明！你记得么？去年元夜，不也是一个雪的元夜么？我俩住在 S 市外的一个 S 镇上，我们为了过年，费了三天的时间，铺设了一个精美的卧室。S 镇是如何清静，不是人间，简直是诗境了！你我在那房里作了许多的诗，我现在还很深刻地记得。我们去年元夜，在精致的卧室里，雪亮的电灯下，排了一席简单的酒菜。你曾有句话，你说："在明灯下，雪白的手，斟着盈盈的酒，梨涡浅浅的笑，不吃酒也就醉了！"我当时很大略地听过，不知怎么现在会忽然记起来。

我冥想，那时你醉后浅红的脸，热烈的嘴唇如何吻着我，如何紧紧地拥抱着我。

后来你更狂了！说我的臂和白藕一样，要咬着解醉，深深地咬了一口，留下了一个深深的齿痕，现在，这个齿痕还宛然在左臂上。

我爱，今夜我再三地读着朱淑真的《生查子》，不禁感慨系之！

今年已过十五天了，我寂寞地坐在家里，所收得的礼物，是你的十五封信。邮差总算勤快，每天不耽误地送你的信来——这是我唯一的安慰。

每天晚上最大的痛苦，是被窝太空洞。你在家时我们那个枕头，别人一个人睡得刚够的，我俩睡得还有多；床是不消说了，实在我们这张床并不大，我俩睡得还有空，都是我俩拥抱得太紧的缘故。你是小宝宝般地睡在我的怀里，有时你撒娇地向我要奶吃。

在冬天里，这个时候，在被窝里，我们哪里用得着火炉？热烘烘地不知东方之既白。

现在呵，现在，冷清清的现在呵！

今夜，我将你的小照抱着睡，宝宝，你觉着暖热吗？

祝你革命胜利与身体平安！

碧云
元夜，三十年

那年情书没有寄出

振元—楚宜　嘉娴—某人　某某人—多娜

爱的潜力是神秘的，是无限晦暗的，如同苹果里的一条虫，
秘密地蚀耗了我目前的生活，什么时候我才能清醒呢？

◇◇◇

楚宜：

我绝望了，事已如此，更有何说？难道彼此真没有缘分吗？我现在拼命地由嫌恶、灰心中让自己重新站立起来。你曾说过失掉悲哀是人类共通的命运，我也深知苦痛和悲哀是人类共通的命运，我也不是弱者，但我为克服这个创伤，却不得不拿出我的整个肉体来搏斗。我绝不埋怨你，我只感到深刻而又凄惨的"人间宿命"而已。我们不应该彼此负责，也不该接受任何怜悯。我又知道你能原谅我受伤的心，我现在仍爱着你，不然为什么会感到如此激烈的孤独呢！

两个月前，头一次遇见你是在电车里，但从那时起，不知道怎地，爱之天使便把爱的箭射进了我的心坎。当时我正呻吟在深渊里，我原来是很孤单的，但从那时起这孤单的灵魂便好似点着了星火——就是你，但彼此素不相识，何缘接近？但我是一个顾头不顾尾的人，我希望自然能造成命运，决心要向命运挑战。我虽然不知这种行为是否冒渎命运之神，但我相信一个未来的命运，于我的人生是有相当意义的。像我这样腼腆的人，在客观的存在上虽无意义，但我绝不是一个否定人生的虚无主义者！

从那天起，我尽量地想使你注意我的存在。你是不是每天搭着一定钟点的车去上班？当你每次在车厢里静静地读书的时候，我便站在你的面前，注视着你的秀白的前额和修长的睫毛。你虽然不理会，但我对你的爱情，却天天滋长在我的心里。我在一种颤抖似的喜悦下，看着自己往爱情的深渊里钻，我整天整夜思念着你。但侥幸的是不久你渐渐地明白了我的存在，有时你也离开书本，偷偷地瞧我一眼，但一和我的视线接触时，你的眼睛又溜到你的书上去了。

那也许是幼稚的想法，但因你有一种冷淡的感觉，所以我觉得很不容易接近你，然而另一方面我的心却紧紧地被你吸引住了。

有一天，我终于决心将前夜写好的情书交给你，为这事我确实费了不少勇气。但我跟着你由车站往外走时，终于鼓起勇气向你招呼后，就交给你了。虽然那时你拿着奇异的眼光凝视着我，但你总算收下了！于是我飞也似的溜走，我觉得自己的两颊烫红，当我再一回头，便看见你迈着整齐的步伐走过了马路。

事后第一个星期日，我在药店门口等着你。但你终于没有来，那时我就懊悔自己：是不是应该中止这种轻率的行动呢？过后你仍旧每天乘车上班，我仍旧每天在车里注视着你。

有一天，我跟在你的后头，不久见你走进市内的某小学校去了。我本是一个小学教员，所以我有一个师范学校的同学乔在那小学校里当教员，我对他告白了一切事实，托他转达希望和你结婚的意思。不知是乔君的推荐有效果呢，或是另有原因，你算默认。同时你又答应了我，在第二个星期日，一同到西湖去玩。

由此接触知道你家里有一个尚未出嫁的姐姐，并且你也已经和与你有亲戚关系的大少爷订了婚。但你却对于父母的封建独断抱着很大的反感，你说绝对不嫁他，所以在我听来也不算是一桩绝对的障碍，反正爱情是可以解决一切的。

我认为互相亲近一点好！不！只要在你的心头，燃起了爱的火焰，那么一定能够解决一切的，我现在偶一回想就心痛，想到你将永远离开我时，恨不得想把你杀死。你是不知道的，当我写这封信时，由我的眼帘里潺潺不止地流下泪来，你连一封信都没给我啊！我真不明白你究竟是冷的还是热的？也许在一个农家的特殊环境下生长的你，当受所谓"家的传统"，结果是把你弄成一个如此形式的人？的确你的家有一种沉重硬固的感觉，我和你认识了，但对于这种不幸和歧视实不能不憎恨。

头一次和你一同到西湖去的时候，在孤山下和你交谈达三小时的时光，还在我的眼前荡漾！

那时你始终低着头不敢直视我，我便说："你的睫毛真长啊！”

"别那么细看我好不好？"你一边回答一边拿围巾遮住自己的脸。你又说："我向来未尝对男人感到过爱，如果有真正能够爱的人，我死也情愿的，请你唤醒我的爱情吧！"我什么也没说，只拿右手紧紧地抱了你的腰，我问你："你多少对我感到有些爱情吗？""没有。"你无心地这样答了一句。你原来是个很少说话、表情很少的人，但这一句话却非常鲜明地回答我："友情倒是有的。"

"男女之间能够存在友情吗？"我问了，你默然地并没有回答，对于我的追问守沉默是你的一个特征。虽然我感到你有像牡蛎一般的坚固性，但你坚决而真实的态度，更吸引住我的心了。可是到了现在都成陈迹了，你冷淡的态度，虽然现在也许给予我不少援助，但我现在是渴望更温柔的女人来照顾我。

"你爱女人，不是第一次吧？"

"可以说不是头一次。"我这么回答你。

"你到底爱我什么地方呢？"我非常受窘，但又不能够马上回答你，于是我说了："我并没有那么仔细地分析过自己的心，所以找不出理由，但我认为所谓爱你的事实里面是有一种睿智在起作用。"

唉！我为什么老嘟哝着不中用的过去呢？

有一个时期我曾经每天在车站等你下班，同车回去。你并没有厌恶我这种行动，途中几乎和你没谈过话，虽然你一言不发，但我也感到无上幸福。老实说，只要一天不见你，我的心就挨不下去，伫立在寒风里等你两个钟头甚至三个钟头是不稀奇的。后来听乔君说，你没正式决定婚姻以前不大愿意交际。我听此虽感到你的冷淡，反同情理解你了！

后来我想我自己只剩有一条路，就是说服你的父母。险些再也找不出什么好办法，反正我抓不住你的心是我失败的一个原因，但我认为自己所能办到的事，都算尽到了。以后吗？不敢想，但我不能不鼓起勇气再找一个别的生路。

最末的收场你也很清晰的，当我得到乔君的帮助后，终于在两星期后你确定给我答复，但连两星期我都不能等，过一星期后，我便到你家里去了。因那天正是星期日，想你一定在家，而能看到在家庭里的你也是一桩喜事。率直地说，不见一天就想见你，何况……因此借口到你家去了。当时你的态度，很使我心疼，甚至你的脸上现出很为难的表情。当我进你家里的时候，你就"哎哟"一声，便跑到田里去找你母亲去了。在我会你母亲的时候，你根本没露面，后来我说想见你说一点话，你才出来了。但你在厨房很不高兴地对母亲说："我没换衣服，何必叫我去呢？"

我一听这话，已感觉到失望。"如果你父母允许的话，你能嫁给我吗？"我问。

"我还不想结婚，这两三年还想一个人玩一玩呢！同时我还不十分知道你的为人。"你答复。我一听此一时愣住了，同时我也就知道"绝望"离我渐渐近了。

当日你留我吃晚饭，我告辞了你家后，归途中我心里弥漫着不能表现的悲伤！

过了两星期后，你母亲到我家来说："二女的事情，因为已订婚的亲戚不许，所以希望你断念她。"所有的一切，终于告终了，究竟我胜不过命运，由偶然而想变成必然，到底是一种痴梦。然而结果我却消磨了两个月的时间。

最后我答复你"为什么我爱上了你"这个疑问吧！我认为你的容貌和你的富有像一生出来就有的坚实性，使我失掉了自持，我一直到现在还想能够把你当一个终身伴侣！同时我相信我一定能使你过上幸福的日子，因为事实上我的整个希望都放在你的身上。

你对我的种种好意及你的一举一动、一言一语当永远离不开我的心！我衷心感谢你在我的人生中保存了美的一页！

我祝福你永远幸福。

振元，抱着说不尽的回想
八月八日夜

亲爱的：

我知道我们之间已隔断了一片大海，是永远不能架桥通往来的了。我也知道一切都无效了，如同一种费力的事，用光我的气力——如果我还要渴想你的爱情和你的宽宥的话啊！

"爱"实在是一件神秘的东西，是一件不可捉摸的东西呀！它在广漠的世界里有不能量知的力，如波涛一样的汹涌啊！爱情和渴望的和谐，在我的灵魂里往来鼓荡，如同有星光的天那样的光彩，如同黑夜的花园那样的神秘、可怕。啊！我再也摆脱不了它啊！我很伤心，为了我们的家到今日还是像木樨香气般地结束。我诅咒着命运，更咒骂着自己，我为什么要写信来如此刻毒地骂你呢？啊！难道我真的这样忍心吗？难道我这种话是和我的心境相符合的吗？唉！唉！说过的话，正如同开笼的鸟，我不能再收得回来了呢！我知道就是更虔诚地向上帝祈祷着，更热切地、痛悔地长跪在你的面前求你的宽宥，如同一个卑下的奴隶，也难收回我所骂过的话了。但我知道我的地位之可怜，如同一只剪了翼的鸟，是绝不能高飞的了！

为了好胜心，却毒害了我的灵魂，是的，我的灵魂让步给一阵忽然而来的冲动了。

爱的潜力努力地打倒心里一种要我回头的火力，我几时才能摆脱开它啊？

亲爱的，至于对于你，还没有清楚的意思，还是被一层云雾所盖住了。真的，对于你的一切，你总没有向我告白过一字半语，我不过以我简单的较灵敏的感觉来猜度你的一切，以你拿我宝贵的名誉、将献给你的贞洁的情爱，去向那些我不甚钦佩的人去告白，这也是我憎恨的一小部分。但大部分的原因呢，就是为了你竟取笑我、揶揄我，这是何等大的耻辱啊！但是真为了我给你的爱是伟大的、神圣的，是重大而宽待一切的爱情，因此呢，当我寄出信，只要写好了我的气都可以完全消了。可是啊，我不知为了什么，也许是爱的潜力、我的好胜心、不甘示弱的心，我的观点会那么容易就完全改变了。真令人疑惑，好像摸着一张好牌，赢了钱一般。

变了。真令人疑惑，好像摸着一张好牌，赢了钱一般。

我的心既这样向着你，如花之向日，本不该如此地恶骂你、侮辱你。但是啊！但是因为我不肯牺牲一切，你很伤心、很悲痛，引起我非常地同情。故我要求你到了老远的地方以后，仍旧让我爱着你、等待着你。你不要我的爱了，你到此点以后再不要我的爱了，我就不顾牺牲我的一切，跑到你的家来……你自己总明白了吧？说实话吧，我亲爱的呀！我是已知道以后不能互相亲爱了，我何以要如此地痴呢？想想吧！不要以为我是孩子、是未成年人而轻视我，以为我的爱无论如何及不到你的伟大，我的热烈啊！我自己也知道，对你的确太痴情了、太可笑了。好吧，你永远地取笑我吧，永远地说我太妙吧！说吧，说吧！——但是，毕竟还是让我先说出来的好呀，因为我一辈子不说，你一辈子以为我给你的爱是儿戏的爱，是虚伪的、开玩笑的、玩弄你的爱——正因为你爱我太纯洁、太热情，用情太专，受到的痛苦太深刻，我怕你从此会丧失了重来的勇气；畏惧你因为受了这次重大的打击，会丧失对于女人的一片忠诚的心。换句话说，就是以前我糊涂，我不懂事，但现在我清醒了，我决不肯让你因为我，让你以后去玩弄她们，向她们去报复。我也让你知道，我并非一个虚伪的、寡情的女子，我要告诉你，我是一个极尊贵、极清洁而无害的女子。因为你知道了这个，至少忧喜交集会在你的心中产生一种欢乐，就是我不欢喜你的情操因为我而完全枯萎，如同霜雪天里的一朵花——正因为爱如此伟大，所以当那一刹那的心境忽然如电闪那么快转过来，变作深仇痛恨，但不过是一忽而过的，像在熊熊的炉火里投掷了冰块。

一切都是想不到的，人生真有许多意外的堆积。一切原都是命运所完成的奇迹，你有一段长久的时期曾经为了我而沉迷过、痛苦过。我呢？现在也为了得不到你的宽宥苦恼着，是的，被破碎了的梦所苦恼着。但是我们都得不到好的效果，那是为什么啊？奇怪！奇怪！为什么有心的努力总得不到在无意之中倒会获得的效果？当你紧紧地追逐着我的当儿，可是我不能谅解你，我以为你是玩弄女性的市侩，我尽量地逃避着你，像一只被追的野兽，处处留神，好像一个野兽找孤兔儿一样。啊！我究竟有什么魔力，你像是受了催眠术似的跟着我走？我有神秘的潜力吗？我故意如此地引诱你？抑或是我身上有麝香味，以及各种香气使你沉醉了？又抑或是我金黄色的头发捆住了你，喜欢牵你到哪里就到哪里？——可是，这一切的一切我能承认吗？即使我的心要承认这一切，我的理智也不肯让我承认的呀！那么，你究竟为了什么呢？为什么现在你不再沉迷了呢？奇怪！真奇怪呵！

是的，也许我给你的闭门羹太厉害了，以至于你痛恨我，争着志气不要我给你的爱了——是的，像我这样对于恋爱还没有相当认识的一个蠢笨的人，的确如此怀疑过。可是有阅历的、懂得爱的人告诉我，恋爱并不是稍遇困难就可以稍减的东西，除非那不是一种真的爱情，是一种兽欲。你是兽欲？不，不！绝对不是的，我要竭力地为你辩护，你贡献给我的是神圣的爱，可是为什么现在我的全副精神都趋向你，当你是最后一个锚，可以救我的性命的，而你却要争硬气了？究竟为了什么呢？那真是一个猜不透的哑谜！

我不知道你在外边到底如何地在毁灭我宝贵的名誉，我从朋友之处就闻得三句，就是：你很恨我，说我是单恋者，说我太妙了。以后呢，我再不知道了。后来接到朋友的责备信，内中有一段，我真不愿使你受气，我自己吃亏是无关的，天可谅解，否则把我尽知的告诉你，你简直可以气死。由此可猜想一定还有更多的攻击语、毁谤我的话，但是我正要显示我的爱之伟大、尊贵，因此只当听见的话都是空虚无意义的，如同水泡一样，破了就消灭，不留痕迹的。薄伽丘著的《十日谈》曾说："每一种坏脾气，都不但可以罚那些有这种坏脾气的人自身发生不幸，同时也可以罚别人受灾。而各种坏脾气之中，愤怒是最罚我们盲目地趋向我们灭亡之途的一种，这种愤怒是一种突然而来的轻率鲁莽的情绪，因为受别人的损害而在我们的心中兴起，它将所有的感想和理性都赶走了，将我们理解的眼睛遮住了，在我们的灵魂中点着了一把凶猛的火焰。"你看到了这一段，我深信你一定可以明白我为什么要如此骂你，你又为什么骂我了。不，不！你自己明白为什么要痛恨我，但是我是不会晓得的呀！

为了你，好友芳媛大有和我绝交之势，她称我是向她戴着假面具。我是否向她戴着假面具？是否在你跟前说过一些对不起她的话或是诽谤过她？那只有你才能知道，只有你才能辩解。只有你辩解才能使她相信，使我们能恢复友谊。无论如何，这一点希望你能照办，你是否能够呢？现在的你是否还是一个较有情感的动物，我不能明白。

啊！为什么我要得到这样的报应啊？人生难道就是这样不幸么？这真好似朗弗落说的潮落一样，沙滩的足印随起随来，本是一梦呵！

爱的潜力是神秘的，是无限晦暗的，如同苹果里的一条虫，秘密地蚀耗了我目前的生活，什么时候我才能清醒呢？

也许你看到了之后，又要骂我太妙，但我是为了感情所激动，这是少年的诗歌，也是小量和美丽的诗歌。

啊！我是孑然孤立的一个人，同这个有光、有色、有火的明星和有人声的世界分离，我一个人远远地离开，好像被关闭在一间黑屋子里。

对你像个小孩子的畏怯，好像是少年人问老年人要东西，这个老年人可以抚慰她或惩罚她的。又仿佛是个小学子，急于要把自己的困难告诉他们的先生，但是告诉完了吗？没有呢！只告诉了一点点，你所知道的就是汪洋之一滴，还有许多烦恼、愁苦呢，我不能完全地、更明白地告诉你。

奸诈的年岁始终用无形的脚步唯恐不及地向永恒飞奔。我几时才能摆脱这个恶魔呢？我几时才能在沉闷年岁中挨出那桃色的一角呢？永远不能的了！永远不再回头了，永远没有希望的了，真的，我将希望着什么呢？希望着坟墓的安宁吧！它会埋葬我的惨痛，像埋葬了我的希望一样。

嘉娴
十月十五日午后

多娜：

　　两个多月啦！没有见到你，也没有接着你的消息，心里的相思也无从寄出。就这样与我断绝了么？你也再不想来看一看你曾爱过的那个温柔的男人么？一切就让它这么消灭了吗？我不能再加以追问，也不愿扰乱你现在安停的心（现在你一定很安停与幸福吧。我愿望你能如此，我愿望上帝保佑你，永远安定快乐与幸福之神追随你，阿门！）。这封信总是一页残缺了的、一封无法投递的信，是无从再送到你乌溜两颗眸子前的信。虽然我还可以清楚地记着你的住所，我还可将这封无法投递的信由我亲自扮个绿衣使者送到你的面前。但是我说过，我不愿去扰乱，我不想把这封信付邮。唉！爱是这么渺茫、这么矛盾啊！

　　昨夜的月色是这么明亮和婵媛，今夜却是残缺地加着云障，这也同样地象征着我们的恋爱吗？不，月缺了下月还会再圆，花残还会再开，春天去了明年还会来。啊！我们的爱，虽然没有缺也没有残，但我们的爱却已是被人所抢劫去了的，是和这个纷乱的世界相仿佛的。

　　因此，我很了解，我的冰心不怪你的忘情，并且深深明白你的一切苦痛，我更同情你以前不幸的遭遇和恶劣的环境使你曾走入被人玩弄的黑暗深渊。在这里我又佩服你的自身洁白与清高，更引起我对你不少的爱慕！爱慕你的一切行动，一言一笑都可能引起我的爱慕。但是，现在什么都完了，我明白一只洁白的羔羊、大众的爱人已是归属个人所有了，我再不能向你追逐，我再也不能要求你的爱护与安慰了！

　　想起我们爱的行程，虽只短短的一年，但一年的时间也并不短少啊！一个寒冷的冬夜中我俩相识，在美丽的春天、炎炎的夏季里我俩是多热烈地相爱着，你曾给我不少甜蜜的吻，我那时也曾想到这甜吻难长！你也曾狂吻过我枯涩的嘴唇，我的两颊上也幸运地曾印上过你两瓣红唇的印子，但这些印子早已褪尽了。你也曾对我订过海誓山盟，但今夜已是深秋的季节了，是秋在开始。我的怀里早已失去了你美丽的影子，是的，你婀娜的影子永远离别了我，你的倩影再不会有一些时候投到我的怀里来啦！你苗条的身体也许已在一个粗鲁的、像野兽一般模样的男子的蹂躏中。想到这里，我悲伤得怔住了，我说不出一句话来。我仿佛想到像是秋天的梧桐树，一片一片美丽的叶子从它亲昵的树枝上离开，落到泥土上，更被一个穿着红背心的老弱的清道夫扫入肮脏的垃圾车里。

多娜，美丽的姑娘，我这样相比较，你看有比差了没有？也许我把我自己比得太清高，像一株伟然独立的梧桐树。一片一片美丽的梧桐树叶来象征多娜的美丽，我相信这是最适合也没有的。拿你现在新的环境来比仿垃圾车，虽然至少有些过甚，但我以为我们的多娜洁白神圣，她除了归属于上帝之外，是再没有第二个人能够与其配合的。我以你从前的处境和你爸爸死亡后的遭遇，继续着我俩的相识、我俩的友谊、我俩的相爱，结果——却是我俩无故的分离。

是因为秋天来了吗？梧桐树叶应该离别亲昵的梧桐树枝吗？这在我始终是莫名。对于我们的分离的故事，因为此事我会仰首向明月申诉，我也会登高对上帝祈祷，我曾迷信得到庙里焚香跪拜，我也会到卜易馆里卜课算命。你是不会再降临了，除了是在我的梦里！

　　姑娘，虽然你为了环境的引诱和压迫把我纯洁的爱情丢了，但我却还依然睡在甜梦中未曾醒来，我愿这梦永远继续。

　　我记得在我们还是初恋时候的一个冬夜，虽然寒冷，在我们房里，我俩的心里却如春夏一般和暖，你总也不至于遗忘吧！当我们相识将近一月的一个冬夜中，天空大约是黑色的，地上积雪是银白色的，天空被白雪反光，变得有些灰白，风声飒飒地紧打着玻璃窗，路上没有一个行人，也没有一个乞丐。在这么寒冷的深夜中，多娜，你热烈地来访我，你用一件深黄色的皮大衣裹着你瘦小的全身，你的发被风吹得蓬蓬的，你的两颊和鼻子都被风吹得红红的。"多娜！你更美丽了。"见你进来，我从床上跳起来，惊奇地高声叫着。你热烈得像一只无依的小鸟，你带着无邪处女的羞涩，投在我的怀里。我把所有的温暖完全分给你，我再燃起已熄灭了的火炉。我俩互相偎依着，共倾诉过去的悲哀与不幸，计划着未来的光明与灿烂。虽是在一个寒冬的深夜，我们的屋子里已带着春天的和暖来了。这一个甜美的初恋夜晚，就永远在我的心坎中镌刻着啊！

　　姑娘，在春天来的时候，我俩不是曾更热烈地狂欢吗？在兆丰公园的柳条下，留着我俩多少影痕。我们在桃花丛中闲步，在软绵绵的草地上睡眠，在清水一碧的湖中划着小舟、打着鱼鳞似的水波，其实我们也未曾辜负这个美妙的春景啊！

　　夏夜，我俩更时时紧抱着在舞场中，我俩以长吻当作夜餐。我们在深夜，在白天，我们没有倦，我们没有厌，只是在我俩没分离的时候，又拿着拥抱与甜吻当早点。

　　可是甜蜜的恋爱喜剧在秋的开始已是结束了，想起严冬又将来临啦！这甜蜜的初恋啊！上帝在什么时候再赐予我呢？

多娜，自你走后，上帝也曾同情过我孤独的悲哀、生活的凄凉、行动的颓废，它也曾发过慈悲，赐予我美丽的姑娘给我做伴侣。多娜，你会相信的，当我和你在恋爱的一年中，不是同时有许多姑娘在爱着我、要求过你分给她们爱吗？但我始终只有给予她们失望，和你现在所给予我的一样。我不能爱她们，因为有你，我不愿爱她们，因为她们没有像你这么美丽，也没有像你这么活泼伶俐。你不爱我，我不爱她们，我是永远和她们隔绝着，即使是你永远不再来，因为我是永远难以忘记你啊！

现在，你的幸福与命运早已决定了，两个多月没有来看我，我这样猜想着。但你的灵魂是归属于我的，你活泼的笑痕永远流露在我眼前的。姑娘，我们精神上的挚爱是永远联系着的吧！别忘了啊！我的姑娘！

夜深了，窗外的雨点停了又打起，阵阵秋风又吹落不少梧桐树上的黄叶，恋爱如此，人生也如是吧！人生的老朽正是如此快速啊！

去年的冬天，我们初恋的辰光，我像是个未经世事的小孩，我像投在慈母怀里一般的天真。今年的春天、夏季，这就是我的青春时代吧！就只是经过这短短的三个季节啊！我的青春！

多娜！年轻的姑娘，是的，珍重吧！这年轻和美丽是如何宝贵的啊！像我，却是悄悄地、在不知不觉中青春已是溜走了，残余的只有老朽。我的额角上也有了几条皱纹，发上也添出几许花白，我的心也变成死灰！我对一切的冀望也全消灭，对于我的事业我也置之度外了。许多朋友对我的失恋很抱同情。其实，我没有失恋，你还是和以前一般爱我，我只是对我丧失了的青春怀着悲恸，怀着惆怅。

我感到老了，我感到一个人老了太寂寞了，于是有许许多多朋友劝我：应该结婚啦！他们介绍与我很多年轻的姑娘，多娜，你想，这叫我怎样去爱她们呢？怎样去爱一个陌生的姑娘呢？其实我一年前和你相识的时候，你也是一样的陌生，但是我却爱上了你，这也奇怪吧！

光阴一天天地过去，我一天天地老了起来，我的结婚只是永远没有实现的一天，因为你已是一个有夫之妇。就因你不能再和我结婚，我也就想永远不再结婚了，就自己孤独地度着岁月吧！

有一天，我病了，也许是寂寞的魔鬼包围了我，在床上，一天连着一天，病着一星期之久。我在病中呻吟着。我等着你来，等着你来看护我。一个流浪的人，就是怕病魔来纠缠吧！我不时地私自流着泪，有时半夜里叫起你的名字，多娜，你一定没有知道我病了吧！不然你一定会飞也似的来看我的。

在病中的一个半夜，我在思念你，仿佛你突然来了，坐在我的床边，用你的红唇吻着我的额，又以温柔的手抚着我的脸，你又低声地倾诉尽你现在的遭遇和不能来看我的原因，你更低声地在我枕畔呜咽着。

第二天的清晨，我的热退尽了，神志也清醒了，大约是昨夜你吻过我的额和抚过我的脸的关系吧！多娜，真的，你可医除我的病，可医除我的创伤，你更可回复我的青春。

病后，我又虚空了。我对于过去的一切很后悔，我恨那时未曾答应你的一个小小的要求，不然你不是早已归属于我了吗？这就是我现在痛苦的原因，对于你这个要求我完全是了解的，但是那时我太过于慎重地考虑，和太偏重于我的前途和事业，我也太过偏重于我自己的理想。这或许是给予你一个误会的原因吧，这差误只有归咎于我自己啊！

我处处都是如此的，我太偏重于理想，为了我以后的事业、我俩未来的光明，以致有时疏忽了我俩的恋爱。现在，却是后悔也已晚了。唉！姑娘，我还应该说什么话呢？姑娘，当心啊！公子哥儿的玩弄，这是陷杀你青春的敌人啊！在这里我还希望你能偷偷地来探望我一次，在一个深夜也好，在一个清早也好，这里我并不怀着意外的思念。一对旧情人，一个还在深深依恋她而被她所遗忘了的男子，和一个多情的姑娘（现在也许是有夫之妇了）最后一次的幽会，或最后一次的别离，应该在这么一个含着诗意的清晨或夜晚的吧！虽然这一个清晨是凄凉和悲惨的，也不管这深夜是神秘和甜蜜的。多娜，我以为你应该直率地允许我这一个请求的，我相信你一定会依约照我的祈求而来探望我的，我俩的爱比藕丝更长地系着。你也许比以前更加爱我，你也许在闺房里痛哭，你也许比我更盼切地求我相见！

姑娘，一切我都能原谅你的，望你也恕宥我啊！我俩还继续着精神上的爱吧！

想起这是一封无法投递的信，心坎中又起了彷徨！最后，多娜姑娘，秋风多厉，祝你珍重吧！

永远爱你的人
在一个秋雨的深夜中

你和我将是陌生人

NK—某人　鸿伦—锦年　苏樱—继昌

如果你不爱我，去爱另一个女子，那有什么要紧呢？本来爱情那样
东西是不可自私的，你爱我，为什么不能爱她们？

我最亲爱而最畏惧的：

我在下笔之先，第一的请求，就是请求你原谅我、恕宥我的冒昧！

我是世界上天性孤独的人！不，还有一个人……但——我虽希望有个你……唉，我写到这里，我的心痛了，我的手颤了！最亲爱的，你肯允许我一句话么？虽然这个要求是小小的要求，最亲爱的，我看这个问题比什么更大，我的人生，只这个是亟待解决的问题。

希望我固知是太奢侈了！但想不出比较更浅的希望。可恨的绿衣人，天天跑到窗前唤我接信，但总是几封不关痛痒的邮件，却不见你的来信。唉，亲爱的，这是何等失望而痛

苦的事！

　　我每次写给你的信，想必都收到了？那信笺上的斑痕，是我母亲——除你之外，世上最亲爱的——给我的泪，现在我转赠给你，因为除此以外，无所贡献给你了，我生生世世第一心爱的人儿呀！

　　这是我最后的一封信了——不，倘上帝赐福，你肯给我一个回音，这封信就是开始的第一封信。我听见阿菊说，我回回给你的信，你并没有看，接着就往字纸篓里一摔。唉，我的心呵！只这一摔，我的心就安慰了，因为我的信经你一摔，是多么光荣的事！

　　现在我要冒昧地请求了——明知道你未必准我的要求——我这封信，费你的神，拆开看一下，那么，最亲爱的，我死也安慰了。

　　那一个月夜，你和森在公园密谈，夜深始去，是么？你哪知高高的松树上有个我呢？连我自己也不知道为什么要那样做。那时森频频向你提起我及关于我人格上的讨论，硬说你和我有恋爱的行为，你被他逼得啜泣了。我那时真想掏出腰间的手帕，将他的生命交还上帝。一时想起他是你的生命，我又手软了！

　　眼睛一阵昏黑，手颤不已，不想再多写了……亲爱的，这封信我已不知道吻了多少次了！

　　医院的生活尝够了，兼之入世以来，第一次尝试的失败！

　　我明日返港，绝不再来申地。

明日是你和森结婚之日，我在此祝福你俩——共同生活愉快！

NK
六月十四日

锦年：

我到今日不得不有这封信给你，我耿耿欲吐之语，将于此信中一泻之。这信入你目时，你我已不是朋友了。呵，锦啊！虽然你在我心中将永远地存在，大胆说一句话："我对你有永远执着的爱！"我知道你将不接受我这句话。我爱潘，我爱你，同时也爱我自己。

这奇突的变化、不可测的嫌隙，使我精神与身体上受一绝大之打击！病在床上，已经两月了，病得厉害的时候，母亲哭得死去活来。为母亲的爱，我不得不勉强地活在这世上。今天早上起来，独自照着镜子，不觉吓了一跳：怎么憔悴到这种地步？喝过牛乳，用颤抖的手胡乱地写这封信给你。

说起来又不得不追溯从前。你给我的第一印象，是四年前的一个秋夜，我得到潘的妹妹的一张请柬，去赴南京学校的舞会。灿烂的明灯下，幕开启处，美丽而庄严的你，突然现于我眼帘，不知激起了多少景仰之心。你从容地向来宾微笑着一鞠躬后，用流畅的英语致开幕辞，博得来宾热烈地鼓掌，我自这次以后，记忆之海里深深地认识了你。

锦！我和潘在 Y 中学是很好的朋友，后来升入复旦大学后，友谊更进了一层，成了最好的朋友，这是复旦大学全校同学和你所知道的。后来我因你同学艾女士的介绍，和你相识以至成为朋友，同时，潘也因他妹妹的介绍和你也相识以至做朋友。我坦白地说，当时我也确实爱着你，和今日一样，但我因我母亲替我订的一个旧式女子的婚约尚未解除——直至今日仍尚未解除——不敢贸然地向你求爱，但我心里是爱着你的，直至今日。

而潘呢，他的旧婚约是解除了的。他和你交朋友是一直向结婚路上走，我那时全不知道，以为不过和我一样和你是一个"不过朋友罢了"的朋友。如此做梦般地揣度着，以至于新年，你我天天都在潘家里做新年的娱乐——打麻雀牌，如此继续了两个星期。这两个星期我做梦般地在欢笑中过去，后来我渐渐地觉得潘对我的友谊有点靠不住了！有时我们在打牌，他规避地跑出去；有时我俩在闲谈，他故意地走开；有时他独自地长吁短叹。但是，我可大胆地说一句："那时醉于青春之酒里的几个人，谁不爱你呢？"而潘以为你是他的，我却不知道，但是——天啊！我怎敢说这句话呢？唉，时至今日，我大胆地说一句吧："你那时候确实有抛弃潘而爱我之倾向。"

寒假过去，学校开学了，几个友人一时星散。我和潘仍到复旦大学去。那时我俩表面上仍保持着友谊，住在校外一个农家里，我俩都放情地饮酒，潘更狂欢，醉后常将杯盘乱掷。天啊！我那时候何尝知道他是为着你呢？一天他到南京女校去看你，我请他替我带张我的名片去问候你，后来潘说实在是在途中无意地丢了！是怎么一回事？

如此又过了半年，不幸的潘，因校长问题，不得不离校居家，你和潘的友谊也是那时决裂的。那时你在南京的女子大学读书，你常常有信给我，将潘骂得不堪，感伤之情，溢于言表。那时我可发誓，没有"趁火打劫"的意思，仍是和第一次在南京学校见着你一样地思慕你，且知道你和潘这种不幸的决裂，很抱遗憾，常思以调和之。

记得有一个深夜，潘和岑到我家来，岑是潘的朋友同时是我的好友，一切情形他是知道的。潘预备晚上到南京去，不用说是找你了，后因金钱关系，又复终止。那时潘一种"日暮途穷"的样子，真把我感动了。同时你在南京，也是陷于绝境！我想救你们，始有到南京去的动机。

后来，潘已接着你的绝交信，没有去找你的可能。我因救你们方决定到人地生疏的南京去。事前我光明磊落地和潘商量，到底去看你不去看你？他当时赞成我去，坦然的我，无疑地决定去了，我的心只有上帝知道。

没有一些旅行经验的我，独自一个人瞒着家里由上海到南京去。一夜的火车上，好不自在，凄凉极了！火车到了南京，我提着小皮箱走出车站，茫然不知去向何处，被马车夫和司机一连敲了几笔竹杠！

记得我在南京住了五天之久，我俩并坐马车游了南京城的几处名胜，留下了几个小影。你到我旅馆里来的时候，我们并肩吃饭，茶房叫你作"鸿伦太太"，你红了脸答应他。此时想来，真如一梦！

我自南京回上海之后，潘就不以朋友待我了！我始终表白，而潘始终不信，我无聊得日日沉醉于酒店中！

在我病中突然听得你俩要结婚了！这是怎么一回事呀？你和潘是什么时候"言归于好"的，我也一点不知道。

今天是你俩结婚之日，我衣袋中装满了潘给我的绝交书，我在你们门前踟蹰。终于我回到家里，穿上新的衣服，宛如赴友人的婚礼一样，在某酒店里独自喝了个痛快！

从此，从此以后，我要极力地忘了你，你和我是陌生的人。

这最后的一封信，愿你读后把它烧了。

敬祝平安。

鸿伦
十月十八日深秋夜

继昌：

让我叫你一声"亲爱的哥哥"吧。当你收到这封信时，我已经动身了。以后的漂泊，连我自己也不能知道。这样，你也许不会忘记我，留在你的脑子里吧。

我是一切都没有希望了。我写这封最后的信给你，是毫无作用的，不想乞求你的同情，只想将一只可怜的、即将被宰的小绵羊全部的悲哀来说一说。

想起来还是在眼前一般，当我认识你之后，可爱的继昌，我便死心地爱你了，如同爱我母亲一样。

可是错了，我是不应该爱你的呀！现在我呢，并不懊悔，绝不懊悔我曾以我的热情来爱过你。

你曾对我说过——甚至立誓过——的话，我都记住，但是我绝不因你的失信和撒诳便恨你，我还是爱你。

亲爱的继昌，我这次离开你，想来你总可明白吧。这委实是没有法子，我自己晓得，这是卑鄙的、怯弱的、一条没志气的末路。然而，为了一时的愤激，我是不得不走了。我以为你的思想和行为都是每个男子所应有的，那些错误、罪恶，只可归咎于我身上，因为只有我可以负担。

如果你不爱我，去爱另一个女子，那有什么要紧呢？本来爱情那样东西是不可自私的，你爱我，为什么不能爱她们？我是一个女性，她们也同是女性，那么她们为什么不能爱你，只有我可以爱你呢？

所以你爱她们，我丝毫不怪你。

然而，那一天，当你和她（另一个爱人）在跳舞场时，你是不应该打电话来叫我去的，这简直是侮辱我，不是吗？你为什么只同她合舞，并且不理我，竟当我是一个傀儡似的？为什么你故意在她面前说那些花言巧语呢？我亲爱的继昌，我是不能再忍受这种苦痛了，我不得不毅然地离开你……

前天，我接到她一封信，亲爱的，恕我吧，让我告诉你：她信里说我以后再不能爱你，你，只有她能够独有；她说，你已经向她说过——以你全副的精神、爱情转换到她身上；她又说，她和你已订了白头之约；她又说，我以后没有资格再来爱你了……亲爱的继昌，这是如何苛刻地说话呢？我是不能再忍受这种苦痛了，我不得不决然地离开你……

当我要走的三个钟头前，我想找你讲几句话，可是我终不见你的影子。正在气愤的归途上，我却遇见了你！见你和那个女子，挽着臂膀，正从一爿饮冰室里缓踱出来。我一半由于羞愧，一半由于愤怒，便失去了招呼你的勇气。继昌，你叫我怎样喊得出你的名字呢？……我心中的话，完完全全被一时的气愤压抑下去了，连一些印迹都没有了……唉，我还有什么话要和你说呢？说了于我自己有什么好处吗？所以我默默地走了，什么人我都不告辞了。亲爱的继昌，我是不能再忍受这种苦痛了，我不得不毅然决然地离开你……

好啦，既然离开你，什么都好了，我也自由了，至少你也不受累了吧，那么我为什么再不惮烦地写这封信给你呢？呵，我真蠢呀，连我自己也解释不出来。

我决定明晨动身了。我想暂时到杭州去，有一点小事可能办理，于我的良心上得些安定。至于以后的行踪和生活，那是万分渺茫、惨淡和不可捉摸的，只得随自己的命运罢了。如果上帝不加罪我，而宽恕我，使我活在人间，我是情愿苟延地活下去。

继昌，我对于人间还是依恋，因为我爱你。

我不会恨你，我死了还是爱你。

再会吧，哥哥呀，我再没有话给你讲了，你原宥我吧。自我走了以后，请你不要忘记我，我十分诚恳地求你。完了，祝你幸福。

你摈弃的苏樱
临走的前一天晚上

你是我灵魂的主宰

高君宇—石评梅

我相信你的灵魂、你的永远不死的心、你的在我心里永存的生命，
是能鼓励我、指示我、安慰我，在这孤寂凄清的旅途。

$$\diamond\!\!\!\!\diamond\!\!\!\!\diamond$$

评梅：

你中秋前一日的信，我于上船前一日接到。此信你说可以做我唯一知己的朋友，于此前的一信又说我们可以做以事业度过这一生的同志。你只会答复人家不需要的答复，你只会与人家订不需要的约束。

你明白地告诉我之后，我并不感到这消息突兀，我只觉得心中万分凄怆！

我一边难过的是：世上只有吮血的人们是反对我们的，何以我唯一敬爱的人也不能同情我们？我一边又替我自己难过：我已将一个心整个交给伊，何以事业上又不能使伊顺意？

我是有两个世界的：一个世界一切都是属于你的，我是连灵魂都永禁的俘虏；在另一个世界里，我是不属于你，更不属于我自己，我只是历史使命的走卒。假使我要为自己打算，我可以去做禄蠹了，你不是也不希望我这样做吗？你不满意我的事业，但却万分恳切地劝勉我努力此种事业，让我再不忆起你让步于吮血世界的结论，只悠悠地钦佩你牺牲自己而鼓舞别人的侠义精神！我何尝不知道，我是南北飘零、生活在风波之中。我何忍使你同入此不安之状态。所以我决定：你的所愿，我将赴汤蹈火以求之；你的所不愿，我将赴汤蹈火以阻之。不能这样，我怎能说是爱你！从此我决心为我的事业奋斗，就这样飘零孤独度此一生。人生数十寒暑，死期忽忽即至，奚必坚执情感以为是？你不要以为对不起我，更不要为我伤心。

这些你都不要奇怪，我们是希望海上没有浪的，它应平静如镜，可是我们又怎能使海上无浪？从此我已是傀儡生命了，为了你死，亦可以为了你生，你不能为了这样可傲慢一切的情形而愉快吗？我希望你从此愉快，但凡你能愉快，这世上是没有什么可使我悲哀了！

写到这里，我望望海水，海水是那样平静。好吧，我们互相遵守这些，去建筑一个富丽辉煌的生命，不管他生也好、死也好。

君宇
九月二十二日

辛①：

　　我如今是更冷静、更沉默地挟着过去的遗什去走向未来的。我四周有狂风，然而我是掀不起波澜的深潭；我前边有巨涛，然而我是激不出声响的顽石。颠沛搏斗中我是生命的战士，是极勇敢、极郑重、极严肃地向未来的城垒进攻的战士。我是不断地有新境遇、不断地有新生命的；我是为了真实而奋斗，不是追逐幻象而疲奔的。

　　知道了我走向人生的目标。辛，一年来虽然我有不少的哀号和悲忆，你也不须为生的我再抱遗恨和不安。如今我是一道舒畅平静向大海去的奔流，纵然沿途在山峡巨谷中或许发出凄痛的呜咽，那只是积沙、岩石被漩涡冲击的原因，相信它是会得到平静的，会得到创造真实生命的愉快的，它是一直奔到大海去的。

　　辛！你的生命虽不幸早被腐蚀而夭逝，不过我也不过分地再悼感你在宇宙间曾存留的幻体。我相信只要我自己生命闪耀存于宇宙一天，你是和我同在的。辛！你要求于人间的，你希望于我自己的，或许便是这些吧！

　　深刻的情感是受过长久的理智的熏陶的，是由深谷的潜流中一滴一滴渗透出来的。我是投自己于悲剧中而体验人生的，所以我便牺牲人间一切的虚荣和幸福，在这冷墟上，你的坟墓上，培植我用血泪浇洒的这束野花来装饰点缀我们自己创造下的生命。辛！除了这些我不愿再告你什么，我想你果真有灵，也许赞我一样的努力。

　　一年之后，世变几迁，然而我的心是依然这样平静冷寂的，抱持着我理想上的真实而努力。有时我是低泣，有时我是痛哭。低泣，你给予我的死寂；痛哭，你给予我的深爱。然而有时我也很快乐，我也很骄傲。我是睥视世人，微微含笑，我们圣洁的、高傲的、孤清的生命巍然峙立于皑皑的云端。

生命的圆满，生命的圆满，有几个懂得生命的圆满？那一般庸愚人的圆满，正是我最避忌、恐怖的缺陷。我们的生命是肉体和骨头吗？假如我们的生命是可以毁灭的幻体，那么，辛！我的这颗迂回潜隐的心，也早应随你的幻体而消逝。我如今认识了：一个完成的圆满生命是不能消灭、不能丢弃、不能忘记的，换句话说，就是永远存在。多少人都希望我毁灭、丢弃、忘记，把我已完成的圆满生命抛去，我终是不能。才知道我们的生命并未死，仍然活着，向前走着，在无限的高处创造和建设着。

我相信你的灵魂、你的永远不死的心、你的在我心里永存的生命，是能鼓励我、指示我、安慰我，在这孤寂凄清的旅途。我如今是愿挑上这副担子走向遥远的、黑暗的、荆棘的、由生到死的道上，一头我挑着已有的收获，一头我挑着未来的耕耘，这样一步一步走向无穷的。

自你死后，我便认识了自己，更深地了解自己。同时朋友中是贤最知道我，他似乎这样说过：

"她生来是一道大江，你只应疏凿沙石让她舒畅地流入大海，断不可堵塞江口，把水引去点缀帝王之家的宫殿楼台。"

辛！你应该感谢他！他自从由法华寺归路上将晕厥后的我救护起，一直到我找到了真实生命，他都是启示我、指导我、帮助我、鼓励我，由积沙、岩石的漩涡波涌中，把我引上了坦平的海道。如今，我能不怨愤，不悲哀，没有沉重的苦痛永远缠绕的，都是因为我已有了奔流的河床。只要我平静地、舒畅地流呵，流呵，流到一个归宿的地方去，绝无一种决堤泛滥之灾来阻挠我。

辛！你应感谢他！你所要在死后希望我、要求我努力的前途，都是你忠诚的朋友他一点一滴地汇聚下伟大的河床，帮助我移我的泉水在上边去奔流、无阻碍奔向大海去的。像我目下这样夜静时的心情，能这样平淡地写这封信给你，你也会奇怪我吧！我已不是从前呜咽哀号、颓丧消沉的我，我是沉默深刻、容忍含蓄一切人间的哀痛而努力去寻求生命真理的战士。

我不承认这是自骗的话，因为我的路是这样自然、这样平坦地走去的。放心！你别我一年多，而我能这般去辟一个理想的乐园，也许是你惊奇的吧！

你一定愿意知道一点关于弟弟的消息。前三天我忽然接到他一封信，他现在是被你们那古旧的家庭囚闭着，所以他已失学一年多了。这种情形，自然你会伤感的，假如你要活着，他绝对不能受这样的苦痛，因为你是能帮助他脱却一切桎梏而创造新生命的。如今他极愤激，和你当日同你家庭暗斗的情形一样。而我也很相信静弟是能觅到他的光明的前途的，或者你所企望的一切事业志愿，他都能给你圆满地完成。他的信是这样说的：

"自别京地回家之后，实望享受几天家庭的乐趣，以慰我一年来感受了的苦痛。谁知我得到的，是无限量的烦恼！

"我回来的时候，家中已决定令我废学，及我归后，复屡次向我表示斯旨，我虽竭词解释，亦无济于事。

"读姊来信，说那片荒凉的境地也被践踏踩躏而不得安静，我更替我黄泉下的哥哥愤激！不料一年来的变迁竟有如斯其悲惨！

"一切境遇，一切遭逢，皆足以使人伤心掉泪！

"我希望于家庭的，是要借得他来援助完成我的志愿、我的事业，但家庭则不然，他使我远近游学的一点心迹，是希望我猎得一些禄位金钱来光荣祖墓家风。这些事，我们青年人看起来，就是头衔、金银冠满身，那也算不了什么稀奇的光荣！我每想到环境的压迫，恒愿一死为快。但是到了死的关头，好像又有许多不忍的观念来掣肘似的。我不愿死，我死固不足惜，但我死而一切该死的人不能径行死去。我将以此不死的躯骸，向着该死的城垒进攻！

"我现在的希望已绝，但我仍流连不忍即离去者，实欲冀家庭之能有一时觉悟、如我心愿亦未可定！如或不然，我将决于明年为行期，毅然决然地要离开他、远避他，和他行最后决裂的敬礼。

"愿你勿为了一切黑暗的、荆棘的环境愁烦！我们从生到死的途径上，就像日的初升，纵然有时被浮云遮蔽，仍然是要继续发光的。

"我们走向前去吧！我们走向前去吧！环境的阻挠在我

们生命的途中，终于是等若浮云。"

辛！是残月深更，在一个冷漠枯寂的初冬之夜，我接读静弟这封依稀是你字迹、依稀是你语句的信。久不流的酸泪又到了眶边，我深深地向你遗像叹息！记得静弟未离京时，他曾告知贤以他将来前途的黯淡，他那时便决心要和家庭破裂。是我和贤婉劝他：能用善良的态度去感化而有效时，千万不要和家庭破裂。因为思想的冲突，是环境时代不同的差别之争，应该原谅老年人的陈腐思想是这一时代中的产物，并不是他对于子女有意对垒似的向你宣战。因之，应辗转委婉去和家庭解释，令他能觉悟到什么是现代青年人应做的工作、自我的警策，令他知道我们青年人绝对再不能为古旧的家庭或社会做涂饰油彩的机械傀儡。父母年老，假如一旦你的消息泄漏，静弟再远走愤去，那你们家庭的惨淡、黑暗、悲痛，定连目下都不如，这也不是你的意愿和静弟的希望吧！所以我一直都系念着静弟那最后决裂的敬礼。

认识我们、和我们要好的朋友，现在大半都云散四方，去创造追求各个的生命希望去了。只有你的贤哥，和我的晶妹，还在这块你埋骨的地方，伴着你。朋友们都离京后，时局也日在幻变，陷入死境，要找寻前两年的那种环境和兴趣已不可得，所以连你坟头都那样凄寂。去年那些小弟弟——知道你而未曾见过你的朋友，他们都是常常在你的墓畔喝酒野餐、痛哭高歌的，帮助我建碑、种树、修墓的都是他们。如今，连这个梦也闭幕了，你墓头不再有那样欢欣、那样热闹的聚会了。

他们都走向远方去了。

自从那块地方驻兵后，连我都不敢常去。任你墓头变成了牧场，牛马践踏蹂躏了你的墓砖，吃光了环绕你墓的松林，那块白石的墓碑上有了剥蚀的、污秽的伤痕。我们不幸在现代做人受欺凌不能安静，连你做鬼的坟茔都要受意外的灾劫，说起来真令人愤激万分。辛！这世界，这世界，四处都是荆棘，四处都是刀兵，四处都是喘息着生和死的呻吟，四处都滴洒着血和泪的遗痕。我是撑着这弱小的身躯投入在这腥风血雨中搏战着走向前去的战士，直到我倒毙在旅途上为止。

我并不感伤一切既往，我是深谢着你是我生命的盾牌，你是我灵魂的主宰。从此就是自在的流、平静的流、流到大海的一道清泉。辛！一年之后，我在辗转哀吟、流连痛苦之中，我能告诉你的，大概只有这些话。你永久沉默的死寂的灵魂呵！我致献这一篇哀词于你吐血的周年这天。

（一九二六年）十一月十八日

图书在版编目（CIP）数据

天涯渐远，见字如面/黄柏莉编著. -- 北京：北京联合出版公司, 2017.7
ISBN 978-7-5596-0131-5

Ⅰ.①天… Ⅱ.①黄… Ⅲ.①书信集 – 中国 – 现代 Ⅳ.① I266.5

中国版本图书馆 CIP 数据核字（2017）第 079716 号

天涯渐远，见字如面

编　　著：黄柏莉
责任编辑：张　萌　崔保华
产品经理：小　乔　沈　路
特约编辑：杨　凡

北京联合出版公司出版
（北京市西城区德外大街 83 号楼 9 层　100088）
北京联合天畅发行公司发行
北京艺堂印刷有限公司印刷　新华书店经销
字数：186 千字　880mm×1230mm　1/32　印张：8
2017 年 7 月第 1 版　2017 年 7 月第 1 次印刷
ISBN　978-7-5596-0131-5
定价：42.00 元